Wenn alles egal ist?

AF215531

Andrea Mohamed Hamroune

Auflage 1/ September 2017
Cover: 123rf, lightwise
Covergestaltung: Andrea Mohamed Hamroune
Herstellung und Verlag:
BoD-Books on Demand, Norderstedt
ISBN: 978-3-7448-8374-0

Inhaltsverzeichnis

Bist Du Dir sicher, dass alles egal ist?

Wenn schreiben egal ist.....!

Ist jetzt schreiben egal oder lesen? Ab wann ist lesen eigentlich interessant oder ist nur schreiben interessant? Das gelesene Wort ist auch immer ein geschriebenes Wort.

Du kennst den Schreiber nicht und ich den Leser nicht.

Manchen Lesern fällt nichts besseres ein, als den Schreibenden damit zu kritisieren, dass er schlecht Deutsch kann. „Da fehlt ein Punkt oder ein Komma. Die Anführungsstriche fehlen bei der wörtlichen Rede. Das wird mit a geschrieben und nicht mit e."

Ich bin dankbar dafür. Ich werde auch Fehler machen. Da bin ich mir sicher.

Nur die Wenigsten sind in der Lage den Inhalt eines Textes zu erfassen. Noch weniger Menschen können aus dem gesprochenen Wort einen sinnvollen Satz formen.

Nehmen wir mal an, irgend jemand kommt und erklärt Dir was und Du sollst daraus eine Geschichte machen. So einfach ist es nun auch wieder nicht.

Aber... ab wann ist es spannend für den Leser, den geschriebenen Text zu lesen?

Wann hat der Autor den Leser angesprochen, ihn in den Bann gezogen, an sich gebunden?

Wenn ich heute hier sitze, dann weiß ich genau, mich versteht keiner und mir hört keiner zu. Ich führe sozusagen ein Gespräch mit mir alleine und lasse meine Gedanken wandern. Ich stelle mir gerade vor, dass es nicht egal ist, was ich denke und ich stelle mir vor, jemand interessiert sich. Nun bin ich doch eigentlich mehr diejenige, die sich für sich interessiert. Eine Frau, die es spannend findet, an sich zu arbeiten und an sich zu wachsen.

Jedes Buch beginnt mit einem Wort und endet mit einem Wort.

Womit fange ich an und wie werde ich enden. Wir sind immer noch bei dem Wort egal. Das Wort egal ist nicht egal. Aber, was ich schreibe ist egal, was ich denke ist egal, was ich fühle ist egal.

Dabei fällt mir ein: Kann man beim Schreiben eigentlich Gefühle transportieren?

Ist es möglich, den Leser in Angst zu versetzen, dem Leser das Grauen beizubringen, den Leser zum Schreiben zu motivieren, den Leser zu hetzen, dem Leser Herzklopfen beizubringen, den Leser fühlen zu lassen, was Liebe ist und wie sich Liebe anfühlt?

Es soll Leute geben, die schildern sexuelle Handlungen so, als wenn sie den Leser in das

Geschehen integrieren. Nicht dass der Schreiber den Leser dazu motiviert an sich tätlich zu werden, aber der Schreiber schreibt so, als wenn er den Leser fühlen lässt, wie, was passiert. Das ist auch eine Kunst. Ich kann mir jetzt wieder eine Menge vorstellen, aber außer dass ich das Wort Sex geschrieben habe, bin ich wieder meilenweit weg von einer Nummer.

Aber nun denn. Es gibt Menschen, die regen sich darüber auf, wenn Informationen falsch weiter gegeben werden oder wenn Informationen keine Informationen sind, sondern Lügen. Das war nicht so, wird aber so geschildert. Ich habe mal einen Film gesehen, in dem das gleiche Bild fünf Mal anders kommentiert wurde. Das geht auch. Das geht auch schriftlich. Entweder man hat eine andere Auffassung vom Geschehen oder man findet etwas anderes wichtiger.

Manchmal bekommen Bücher oder Restaurants Kritiken. Kritik ist sehr wichtig. Jemanden zu kritisieren bedeutet aber nicht nur das Negative hervorzuheben, sondern ganz bestimmte Dinge mit Worten zu beschreiben oder mit etwas Anderem zu vergleichen.

Jeder hat da so seine Vorstellung von gut. Nicht zuletzt kommt es auch darauf an in welcher Klasse ich mich bewege und was die Qualität genau da jetzt ausmachen muss. Ein Comik kann nicht das gleiche Kriterium von gut haben im Vergleich zu einem Lehrbuch. Es kommt dabei auf ganz andere Dinge an jeweils.

Was erwartet der Leser von einem Buch?
Ist es wichtig, dass das Buch eine bestimmte Menge an Seiten hat?
Ist es wichtig, dass das Buch von außen hübsch aussieht?
Braucht das Buch einen spannenden Titel?
Sucht der Leser nach einem ganz bestimmten Thema, über das er lesen will?
Sucht der Leser sich sein Buch nach einem Lieblingsautor aus?
Wie wird man eigentlich ein Lieblingsautor?
Mag der Leser gerne Bilder haben in einem Buch?
Ist es wichtig, welchen Preis das Buch hat?

Ich sitze heute hier und schreibe und es ist egal, ob ich hier sitze und schreibe. Alles ist egal. Es ist egal, was ich denke und es ist egal, was ich fühle. Jeder Tag ist irgendwie gleich. Ich weiß nicht, wie lange ich noch leben werde aber ich hoffe, dass wenigstens das Wort egal verschwindet irgendwann. Jedenfalls sollte das Wort egal verschwinden, bevor ich weg bin. Ich werde weg sein. Mein Leben ist genau wie dieses

Buch. Ich weiß noch nicht mal, ob ich es schaffen werde mit dem Wort egal ein Buch zu machen. Vielleicht war es damals auch so.

Alles fing an mit einem Buchstaben, dann kamen zwei Buchstaben, aus den zwei Buchstaben wurde eine Zeile. Aus der Zeile wurde ein Kapitel. Aus vielen Kapiteln wurde schließlich ein Werk, das ein letztes Wort bekam. Wird das so? Ist das jetzt hier genau wie mein Leben? Was wird passieren in meinem Leben? Kann ich dem Wort egal einen Sinn geben und es wichtig werden lassen? So, als wenn egal nicht mehr egal ist, sondern wichtig.

Wir werden sehen...!

Egal! Ein Mann hat mal gesagt: „Käse ist egal. Der stinkt von allen Seiten."

Das soll aber nicht bedeuten, dass ich dem Buch hier, wenn es mal eins werden sollte, ein gelbes Cover verpasse. Ne ne. Egal sieht anders aus bei mir. Egal ist, wenn es gut ist und gut aussieht. Kunstfrei, ästhetisch, bunt, merkwürdige verschiedene Schriften. Vielleicht schreibe ich meinen Autorennamen falsch rum auf das Cover. Ist doch egal? Wen interessiert`s?

Ich muss sagen, das einzig Schwere an der Covergestaltung ist der kleine Streifen in der Mitte. Der Teil, wo man den Buchtitel sieht, wenn man das Buch ins Regal stellt. Das Ding ist gefährlich und nicht egal.

Ich werde jetzt mal ein kleines Geheimnis ausplaudern.
Ich sitze beinahe jeden Tag am Computer und schreibe irgendwas. Ich mache was. Keiner aus meiner Familie weiß, was ich schreibe. Nicht dass meine Familie aus Analphabeten und Legasthenikern besteht, nein. So ganz stimmt das nicht.
Meine Familie hat kein Interesse und ihnen ist es egal. Für meine zweite Tochter spiele ich am Computer. Die Kleine kann aber nichts dafür. Kinder mit dreizehn Jahren sind noch zu oberflächlich, um mit einem Computer was anzustellen, was ein Ergebnis bringt. Aber egal.
Ich könnte jetzt alles erzählen, aber ich will lieber egal sagen. Ist besser.
Weil alles, was meiner Familie nicht wichtig ist, sollte mir auch nicht wichtig sein. Und wichtig ist da an erster Stelle, es egal sein zu lassen, ob sie es gut finden, was ich mache. Besser ist. Weil inhaltlich habe ich jetzt nicht so viel produziert, aber trotzdem eine Menge Text hinterlassen. Es ging jetzt gerade um Nichts und um das Wort egal.

Wenn es egal ist, an was ich glaube

Bevor ich dem Wort Glauben ein Sinn gebe, muss ich erstmal Wissen, ob Glauben nicht gleich Wissen ist. So manch einer denkt, wenn man an was glaubt, dann vermutet man was. Was ist denn sicher: Das einzige was sicher ist, ist mein Tod.

Klare Sache. An den Tod brauche ich nicht glauben. Ich kann den Gedanken an der Tod verdrängen oder das Problem den anderen zustecken, jedoch ist der Tod immer allgegenwärtig. Genauso wie ich weiß, dass neues Leben entstehen kann, weiß ich auch, dass es ein Dazwischen gibt und ein Ende. Es geht was. Nur was geht, dass weiß Gott. Somit bin ich Träger meines eigenen Schicksals. Innerhalb meines Schicksals kann ich Menschen nützlich sein oder auch Menschen schädlich. Ich kann Menschen helfen oder Menschen im Wege stehen. Ich kann mein Vermögen nützlich ausgeben, nicht zu sehr horten und verwirtschaften. Ich kann zeugen, bezeugen und erzeugen. Wenn ich an etwas glaube und mir ein Ziel setze, bin ich in der Lage zu verändern und vielleicht sogar zu verhindern. Ich kann zuhören und verstehen. Ich kann Fragen stellen und Fragen beantworten.

Wenn ich an nichts glaube, dann endet mein Leben mit dem Tod. Wenn ich aber davon überzeugt bin, dass es wichtig ist rechtschaffen zu sein, dann ist es für mich wichtig den Lohn des Paradieses dafür zu bekommen. Mir ist die Hölle nicht egal.

Es gab, geschichtlich gesehen, immer wieder Menschen, die zu uns kamen, um uns eine ganz bestimmte Botschaft zu übermitteln. Die wichtigste Botschaft dieser Menschen bestand immer darin, an einen Gott zu glauben und ihm zu gehorchen. Das klingt jetzt wieder abgedroschen und ist für überzeugte Atheisten wieder so etwas wie ein Gelächter wert. Aber nun denn. Es geht hier nicht darum, was anderen wichtig ist, sondern um das, was egal ist. Diesen einen Gott soll man lieben, man soll diesen einen Gott anbieten und man darf ihm niemals etwas beigesellen. Die Griechen haben Mythen. Es gibt bei den Griechen die Göttin der Liebe. Diese eine Göttin soll also verstehen, wie Liebe geht, hat aber nicht im Kopf, was es bedeutet zu denken. Da läuft was schief. Eindeutig.

Wenn es mir egal ist, an was ich glaube, dann muss ich erst auf die Suche gehen, um etwas zu finden, an was ich glauben kann. Das bedeutet, ich suche nach irgendwelchen Quellen, lese darüber und versuche diese Quellen zu prüfen, ob sie zu meinem Gewissen passen.

Das bedeutet, ich mache mich auf die Suche nach der Wahrheit.

Geht es bei der Wahrheitsfindung darum, dass es immer zu mir passt, dass ich immer einverstanden bin, dass ich immer alles verstehe, dass es einsichtig und umsichtig ist, sich nicht widerspricht?

Wie komme ich dahin oder wo finde ich die Erkenntnis?

Wir sind wieder beim Thema Lies. Aber um etwas zu lesen, muss es jemanden geben, der etwas geschrieben hat. Wer hat jetzt, was geschrieben und ist der, der was geschrieben hat, vertrauenswürdig? Wie prüfe ich Vertrauenswürdigkeit?

Das geht nicht so einfach. Man muss gucken, wer das gleiche sagt und nach Beweisen suchen. Es kann also nicht immer unbedingt um die Person gehen, die etwas sagt, sondern es geht darum, was die Person sagt. Jeder Mensch macht Fehler. Gott nicht.

Jeder kennt sie und jeder, weiß davon. Ich meine Engel. Gibt es Engel?

Ja, es gibt Engel. Woher weiß ich das? Ich weiß das, weil ich an sie glaube. Ich weiß es ganz bestimmt, dass jetzt gerade ein Engel auf meiner rechten Schulter sitzt und meine guten Worte aufschreibt und ich weiß, dass auf meiner linken Schulter ein Engel sitzt und meine schlechten Worte aufschreibt. Ich werde Rechenschaft dafür ablegen müssen. Eines Tages wird Gott mir mein Buch vorlesen. Vielleicht auch dieses Buch. Das Buch meines Lebens und dann werde ich ihm eine Antwort schuldig sein. Ich werde Gott erklären müssen, warum mir soviel egal war. Ich werde ihm erklären müssen, warum ich mit Absicht ungehorsam war. Ich werde über alles, über jeden Buchstaben mit Gott reden. Gott wird nichts auslassen. Der erste Buchstabe in meinem Buch, wenn es denn mal eins wird, ist ein I. Wieso hast Du mit einem I angefangen und nicht mit einem B. Was wolltest Du damit? Was soll das? Am Ende wird nichts mehr egal sein. Man wird sich darüber unterhalten, was ich gemacht habe und was ich gesagt habe, aber meine ganze Sachen wird man wegschmeißen. Alles, was mir einmal etwas bedeutet hat, materialistisch, wird man entweder gebrauchen oder entsorgen. Als erstes kommen meine Anziehsachen weg, dann meine Bücher, dann meine Kochsachen und mein Auto bekommt meine Tochter oder wird verkauft. Vielleicht wird man über mich lästern. Vielleicht wird man schlecht über mich reden. Vielleicht sagen die

Kinder: „Mama hat so und so gemacht."
Mein Mann wird sich eine andere Frau suchen
und alles anders machen. Vielleicht bekommt er
jetzt Wertschätzung. Endlich. Jetzt, wo alles
vorbei ist, wo die Frau, die seine Kinder auf die
Welt gebracht hat, weg ist, wird er merken, dass
Liebe zeigen und lieb haben, sehr wichtig ist.
Mein Mann wird diese Frau vielleicht wirklich
lieben. Damit meine ich nicht die Liebe, die man
mit dem Verstand begreift, sondern die gefühlte
Liebe.
Mein Mann wird sich Mühe geben, nicht etwas
zu erledigen, sondern die Frau spüren lassen, was
es bedeutet, gerne geliebt zu werden. Verlangen,
Begierde und Hingabe. So ist Liebe.
Das passiert, wenn es nicht mehr egal ist. Wenn
man weiß, dass Glauben das Wissen beinhaltet,
dass alles einmal vorbei ist. Ich werde nicht ewig
leben.
Wenn das Wort glauben nicht egal ist, dann ist
das Wort beten auch nicht egal. Ich glaube, aber
ich habe keine Kraft mehr. Möge Gott mir Ruhe
geben und jemanden, der mir hilft, anstatt immer
nur da zu sein, ohne einen Grund zu haben,
wichtig zu sein oder nützlich.
Gott wird mich nach meinen Gebeten befragen.
Ich werde in Armut vor ihm stehen, aber keine
Möglichkeit mehr haben, umzukehren. Es ist

vorbei. Beten und dienen.

Wenn alles egal ist und selbst die Hölle mich nicht interessiert, dann werde ich am Tag der Auferstehung behäbig aus meinem Grab steigen. Ich werde mich anstellen mich aufzurichten, um den letzten Gruß und das allerletzte Wort zu empfangen. Alles wird egal sein. Aber es wird sicher sein, dass der, der an nichts glaubt und dem, dem alles egal war in seinem Leben, dem ist die Hölle auch egal. Jetzt zu mindestens noch, zu Lebzeiten. Wenn es dann soweit ist, dann ist es nicht mehr egal- nur wirklich zu spät.

Weil, wenn man an nichts glaubt und niemandem folgt, der wirklich sicher weiß, was richtig ist, dann läuft man, egal wo man hingeht, in die Irre. Es ist genauso Zufall etwas richtig zu machen, wie es Zufall ist in die falsche Richtung zu laufen. Weil dann bedeutet „Glauben" wirklich sich nicht sicher zu sein und in Unkenntnis zu leben. Glauben ist egal, denn glauben ist Spekulation und nicht Wissen.

Wenn Sex egal ist

Also eins mal vorweg: Wem Sex egal ist, der tut
mir leid. Weil bei dem oder bei der ist was schief
gelaufen. Sex ist Definitiv ein Trieb. Diesen
Trieb darf man nie unterschätzen.
Aber es gibt so Leute, die noch nie Sex gehabt
haben. Das ist Tatsache.
Aber da ist der Sex nicht egal, sondern Sex rennt
weg vor denen.
Ich will nicht weiter schreiben, weil ich krieg
grad Gänsehaut.
Aber was ist an Sex egal?
Ich find alles egal an Sex. Sex ist gut, egal wann,
egal wo und egal wie.
Jedenfalls für den, der es wirklich verstanden
hat, dass Geilsein normal ist und zum Leben
dazu gehört. Wenn ich mir erlaube intensiv
traurig zu sein, oder wenn ich mir erlaube sehr
laut zu lachen, dann kann ich mir auch erlauben,
geil zu sein. Was ist der Unterschied zwischen
Intensität?
Ich möchte noch etwas hinzufügen zu dem
Thema egal wann.
Egal wann bedeutet, es ist egal ob mittags,
abends oder früh. Nur etwas ist nicht egal. Sex
darf nicht passieren, wenn der Sex erzwungen
wird, wenn man sich nicht wohl fühlt, krank ist

oder blutet. Ich meine damit das Menstruationsblut und das Wochenbett.
Egal wo! Das ist absolut egal. Jedoch ist es nicht egal, wenn man sich irgendwo aufhält dabei, wo es lebensgefährlich ist, wo man abstürzen kann.
Egal wie! Selbstverständlich egal wie, wenn beide einverstanden sind, sich einig und sich dabei wohl fühlen.

Ich hab vor kurzem mal wieder die Bravo aufgemacht und bei Dr. Sommer rein geschaut. In einem Beitrag hat ein junges Mädchen gefragt, wie sie sich verhalten soll, wenn ihr Freund merkwürdige Ideen hat mit ihr. Ich fand das sehr interessant, hatte in dem Heft aber nicht die Antwort gefunden und nachdem ich alles gelesen hatte, die Seite verschlagen. Jedoch habe ich sehr darüber nachgedacht. Ich finde diese Frage sehr wichtig.
Ich finde es wichtig, darüber zu reden, was man mag oder nicht mag. Durch diesen Austausch gewinnt man Vertrauen und es fällt leichter, sich aufeinander einzulassen. Weil ich mag das nicht, ist das gleiche wie, mach mal so oder so. Das ist Freiheit.
Zweifellos kann man so etwas aber nicht mit jedem machen. Jeder Mensch erlebt Sexualität anders und jeder Mensch hat eine

unterschiedliche Auffassung von Scham und Geschmack. Das, was dem einen Recht ist, ist dem anderen noch lange nicht lieb.

Aber und das ist der springende Punkt an der Sache: Man muss zusammenpassen und sich auch erkunden. Es ist normal, dass das erste Mal nicht so ist wie das xxx- Mal nach unendlich vielen Jahren zusammen sein. Sexualität verbindet und ist etwas ganz persönliches. Eine Sache, in der niemand etwas zu suchen hat, außer die, die es wirklich etwas angeht.

Das bedeutet, alles, was passiert beim Sex oder danach oder davor, geht nur die was an, die auch Sex miteinander haben.

Es gibt Menschen, die sind in der Lage Sex zu schreiben. Das bedeutet diese Menschen schreiben was er oder sie macht, ohne ein Gefühl darin zu implizieren, lassen aber dem Leser dadurch freien Lauf, sich in die Situation hineinzuversetzen, um den Leser geil zu machen. Ich kann so etwas nicht. Ich könnte so etwas mal versuchen, aber ich weiß jetzt schon, ich würde die Situation so schützen, dass jeder zwar weiß, um was es geht, aber nie eine offensichtliche Handlung passiert.

Sex passiert nicht nur zwischen Mann und Frau, sondern kann auch zwischen Mann und Mann und Frau und Frau oder noch krasser, in einer

Gruppe.

Alles, was nicht zwischen Mann und Frau passiert, ist nicht normal. Obwohl nicht jedes Paar unnormal ist, wenn es jenseits der Grenze etwas anders macht als üblich. Was ist denn üblich und was ist schick? Wer will das festlegen? Normal?

Ich finde, es ist jedem seine Angelegenheit und damit hat es sich auch schon.

Ich sollte mich nur um mich kümmern und andere Leute egal sein lassen.

Es kommt vor, dass Pärchen dabei erwischt werden, wie sie in der Öffentlichkeit Sex haben. Ich finde alle irgendwie doof, außer einen. Ich finde den doof, der sich darüber aufregt. Ich finde den doof, der sich dabei erwischen lässt und ich finde den doof, der davon einen Film dreht.

Tatsache ist aber, dass mir das völlig egal ist und ich über diese vermeidlichen Sextäter lache. Ich finde das lustig. Den einzigen, den ich nicht doof finde, bin ich.

Ich habe mal gedacht, dass Männer onanieren und Frauen masturbieren. Ich dachte, es gibt da Unterschiede und so etwas wie ein Wort, das nur für den Mann benutzt wird und ein Wort, das nur für die Frau benutzt wird. Beide Worte bedeutet aber das Gleiche. Es ist das Wort

Selbstbefriedigung. Egal, welches Wort man für wen benutzt, es ist immer richtig. Ist Selbstbefriedigung normal? Ja. Eindeutig ja.

Wenn es egal ist, dass jemand stirbt

Es ist niemals egal, wenn jemand stirbt. Es ist auch nicht egal, wenn jemand geboren wird.
Aber wann ist sterben egal? Es gibt kein Egal, wenn es um den Tod geht. Oder doch?
Ich bin ein sehr oberflächerlicher Mensch und nehme mir nie richtig Zeit, um zu beschreiben, was mit einem Menschen passiert und wo er ist und was er sagt.
Ich möchte für diesen einen Moment die Welt anhalten und alles anders machen.
Ich habe heute einen Film gesehen. Der Film war sehr kurz aber sehr traurig und beinahe nicht auszuhalten. Ich brauchte vier Anläufe bis ich mich getraut hatte, den Film zu gucken. Der Film kursierte durchs Internet und landete zweimal bei mir in Whatsapp. Ein sehr lieber Freund von mir schickte ihn mir auch und erst als er ihn mir schickte, sah ich ihn mir an. Ich dachte an egal und wollte es nicht egal sein lassen. Ich wollte wissen, was da passiert.
Der Filmausschnitt wurde in Burma gedreht. In Burma werden zur Zeit auf bestialische Art Menschen umgebracht. Die Buddhisten wollen die Muslime ausrotten, so wie es aussieht. Es geschah in einem Wald. Es war Sommer, überall war alles grün. Auf dem Boden war Gras. In

mitten dieser Idylle war ein unbekleideter Mann. Ich konnte diesem Mann ins Gesicht sehen und ich konnte auch sein Geschlecht sehen. Um diesen Mann herum waren Männer, die ihn festhielten. Der Mann konnte sich nicht wehren. Ein Mann hielt das Opfer, den nackten Mann, an den Armen fest. Ein anderer Mann hielt dem Opfer, dem nackten Mann die Beine fest. Es kam ein weiterer Mann und hackte dem Opfer, dem nackten Mann, beide Füße ab. Aus der Wunde kam kein Blut. Der nackte Mann, das Opfer, schrie. Er schrie immer und immer wieder:" Ich bezeuge, dass es keinen Gott gibt außer Gott und ich bezeuge, dass Muhammad sein Diener und Gesandter ist." Er, der nackte Mann, das Opfer schrie auf Arabisch. Der nackte Mann, das Opfer, hatte entsetzliche Schmerzen. Nachdem beide Füße abgehackt waren, drehte man den Mann um. Der nackte Mann, das Opfer wurde in der Zwischenzeit an den Händen gefesselt und lag auf dem Bauch. Dem nackten Mann, dem Opfer wurden nun beide Hände abgehackt. Die Hände wurden nicht gleichzeitig abgehackt, sondern nacheinander. Währenddessen schrie der nackte Mann, das Opfer, unter entsetzlichen Schmerzen. Nach dem der nackte Mann, das Opfer, keine Hände mehr hatte, ging ein anderer Mann zu dem Opfer, dem nackten Mann mit einem riesengroßen Messer an seinen Hals und schnitt ihm die Kehle durch. Unter dem nackten Mann, dem Opfer wurde sofort eine riesen Blutlache frei. Der Mann schnitt ihm, dem nackten Mann, dem Opfer nicht nur die Kehle durch, sondern er trennte dem nackten Mann, dem Opfer den Kopf ab. Er musste sich anstrengen den Kopf abzutrennen. Er hackte auf den Hals, die Wirbelsäule des nackten Mannes, dem Opfer ein mit brachialer Kraft. Als der Kopf abgetrennt war, nahm er den Kopf des nackten Mannes, dem Opfer am Schopf in die Hand und hielt den Kopf hoch, so als wenn er eine Trophäe in der Hand hielt.

Ich hab noch mehr gesehen. Ich habe ein kleines Mädchen mit blauen Lippen tot im Wasser liegen sehen. Diese Mädchen wurde wohl möglich ertränkt.

Ich habe gesehen, wie ein kleines Mädchen neben ihrer Mutter kauerte und die Mutter immer und immer wieder anstieß und trauerte. Es sah so aus, als ob das kleine Mädchen die Mutter wecken wollte, die Mutter trösten wollte. Die Mutter war tot.

Ich habe gesehen, wie Menschen vor dem Feuer flüchteten, als man ihre Häuser abbrannte. Ich habe gesehen, wie man Menschen unbekleidet über einer Feuerglut festband, um sie bei lebendigem Leibe zu verbrennen. Ich habe gesehen, wie man einen Mann nackt zwischen einen Treckerreifen band und ihn anzündete. Ich habe gesehen, wie man einen Mann an ein Kreuz band. Der Mann hatte die Augen mit einer schwarzen Binde verbunden und war mit einem Tuch um die Lende bekleidet. Der Mann wurde von unten angezündet. Der Mann brannte an den Beinen und wurde lebendig verbrannt. Ich habe gesehen, wie ein Mann ein einjähriges Kind auf den Schoß nahm. Das Kind war unbekleidet. Der Mann drehte den Kopf des Kindes soweit nach rechts, bis dem Kind die Halswirbel brachen. Ich habe gesehen, wie man Menschen in eine Kuhle zwang, um sie zu erschießen. Ein Mann nahm die Arme über den Kopf, um sich zu schützen. Als die Männer, die Opfer in der Kuhle tot waren, wurde das Loch sogleich zugeschüttet. Nein. Der Tod ist nicht egal. Der Tod ist ein Teil des Lebens. Es ist richtig zu sterben aber es ist nicht egal, wie man stirbt.

Muss das sein?

Je mehr Menschen wir werden, je weniger Platz werden wir auf dieser Erde haben. Wir können uns in den Flieger setzen und sind ruckizucki woanders. In einem anderen Land auf einem anderen Kontinent. Gläubige bekämpfen Gläubige. Religionen gegen Religionen. Mensch gegen Mensch. Jeder Mensch behauptet für sich an das richtige zu glauben, den besten Zielen zu folgen und möchte nach seinem Tod einen Platz im Paradies. Der, der nicht an das Paradies glaubt, glaubt an die Wiedergeburt. Der Atheist glaubt nur an sich und denkt, er ist, egal was er macht, auf der richtigen Spur. Aber sterben wird jeder. Der Tod ist nicht egal.

Manch einer ist so verträumt und von der Realität ab, dass er erst merkt, er wird sterben, wenn er krank wird. Sterbenskrank. Elendig krank. Manch ein Kranker wünscht sich zu sterben, kann es aber nicht. Dem Kranken, dem Leidenden darf noch nicht mal geholfen werden zu sterben. Der Leidende wird mit Gewalt am Leben festgehalten. Der Mensch wird künstlich beatmet und ernährt. Nur wenn sicher ist, dass der Mensch Hirntod ist, werden die Maschinen abgestellt. Tja. Wozu ein Körper ohne Geist?

Wenn es egal ist, Deutsch zu können

Es gibt eine Tatsache. Die Tatsache ist, dass es Menschen gibt, die, wenn sie einen Text lesen, sich nicht auf den Inhalt konzentrieren, sondern ausschließlich auf die Rechtschreibfehler. Und nicht nur das, sondern auch die Grammatik ist wichtig und ob man, wo ein Komma gesetzt hat oder nicht. Ich werde jetzt mal ein Geheimnis verraten: Ich kann nicht gut Deutsch und ich weiß auch nicht wirklich, wie man Kommas setzt. Ich habe keine Regeln dafür, nur ein ungefähres Sprachmuster, dem ich ein Bild verpasse. Ich bastel mir mein Deutsch zusammen.

Wenn ich das Buch hier, wenn es denn mal eins werden wird(?), fertig habe, wird es keinen Menschen geben, der mit das Buch Korrektur liest, bevor ich es veröffentliche. Auch wenn ich ganz genau gucke, weiß ich, es werden Fehler bleiben. Weil ausgedachtes Deutsch ohne Regelverständnis, nur durch ein Sprachbild, kann nicht gut sein.

Aber es geht hier nicht darum, was anderen Leuten wichtig ist, sondern um das, was egal ist. Jedes Wort, das geschrieben ist, ist ein gedachtes Wort. Wenn man nicht sprechen kann, ist es wichtig irgendwie seinen Gedanken einen Sinn zu geben. Ob es nun sinnvoll ist, sich über nichts zu unterhalten oder über was, das wird sich noch herausstellen.

Fakt ist: Das, was ich hier schreibe ist genauso egal wie, was Du hier liest.

Es gibt Menschen in meinem Leben, mit denen rede ich nur schriftlich. Ich habe diese Menschen zwar schon auf einem Bild gesehen, jedoch ist mir keiner dieser Menschen je gegenüber gestanden. Manchmal denke ich, dass diese Menschen nicht existieren und nur in meiner Phantasie da sind. Ich rede mit jemanden über dies und das und wenn ich den Stift weg lege oder die Kommunikationsquelle dicht ist, ist es so als ob nichts gewesen ist. Das Gespräch ist genauso weg wie die Person. Wenn der Gesprächspartner denn eine Person war und nicht ein Schatten einer anderen Seele in meinen Gedanken gefangen.

Wenn diese Begegnung der anderen Seele nicht mehr da ist, bin ich alleine. Ich stelle mir eine Antwort vor auf eine Frage, die ich aber nicht bekomme. Das bedeutet, diese Frage frisst sich in meinen Kopf und bleibt dann in Gefangenschaft. Manchmal bekomme ich einen enormen Druck, der beinahe nicht auszuhalten ist. Dieser Druck frisst an mir. Er knabbert.

Ich bin alleine. Diese Einbildung des Gesprächs ist vorbei.

Ich kann mir niemals vorstellen, wie es ist, einer Person zu begegnen, der ich nur schriftlich begegnet bin. Es gibt da noch eine Sache, die wahr ist, wenn man nur schreibt aber niemals wirklich in Kontakt kommt. Sichtbarer Kontakt, gefühlter Kontakt. So etwas meine ich.

Wenn man nur schreibt und sich nie begegnet, dann ist es so, als ob nie etwas passiert ist und auch nie etwas passieren wird. Das bedeutet, egal um was es geht, ob nun eine Reise in die Türkei oder Niederlande, es war immer nur ausgedacht. Ich kann mir also ausdenken, was ich will aber passieren tut nichts. Ich bin sozusagen entweder sicher oder eingesperrt in meiner Phantasie, mit jemandem gesprochen zu haben, den es eigentlich nicht gibt.

Nichts desto Trotz ist die Person, die sich in meine Seele eingefressen hat, wichtig.

Schade ist nur, dass die, die mir nahe stehen und wirklich bei mir sind, sich nicht interessieren für das, was ich denke und schreibe. Die Ebene auf der ich mich bewege ist sehr flach. Ich habe mehr im Kopf und schreibe mehr, als dass ich es sprachlich je auf den Tisch legen könnte. Nennt man so etwas intellektuell sein?

Wenn Nachrichten egal sind

Nachrichten sind nicht egal, aber nicht immer wichtig. Ich finde es nett über das Privatleben anderer Leute informiert zu werden, jedoch interessiert es mich nicht. Ich finde es auch sehr schön anzusehen, wie manche Frauen oder Männer nackig aussehen, nur nützt mir das zu Hause nichts. Das ist genau wie ich vor dem Spiegel. Ich alleine vor dem Spiegel kann auch nackt sein, nur das ist intim und geht nur mich etwas an. Die Welt ist sehr freizügig. Egal um was es geht, es wird alles gezeigt. Ob man immer das Richtige hört oder sieht, sei dahin gestellt. Ich denke, es wird eine Menge verschwiegen und verschönert. Und nicht immer dient alles der Information, sondern es soll rumgelästert werden.

Ich mag nicht so gerne öffentlich Namen nennen, aber da es um Nachrichten geht, geht es nicht nur um was, sondern auch um sie oder ihn.

Spontan fällt mir Melanie Trump ein, die mit Highheels ins Krisengebiet gegangen sein sollte. Ich hab die Frau nicht im Krisengebiet gesehen, sondern wenn, dann auf dem Weg dahin. Es wurde sich aufgeregt, dass die First Lady Highheels trug. Wieso eigentlich?

Es ist ihre Sache, was sie sich anzieht und wenn

es gefährlich sein sollte, ihre Schuhe, und sie sich den Hals bricht, hat sie selber Schuld. Ich finde Melanie Trump ist eine sehr hübsche Frau. Ich finde es gut, dass sich Melanie Trump interessiert und dabei nicht zu vergisst, wie sie aussieht. Lasst sie doch.

Burma. Diese Nachrichten sehe ich in Facebook. Ich hab kein Fernsehprogramm mehr, seit es DVB- T2 gibt. Man weiß immer nicht, wie man solchen Menschen helfen soll, die einfach abgeschlachtet werden, verstümmelt und verbrannt, geköpft, ertränkt und vergewaltigt. Wenn ich da hin gehen würde, begebe ich mich selbst in Gefahr getötet zu werden. Alles, was da passiert, ist menschenverachtend und hat nichts mit Politik zu tun. Es geht einzig und allein darum, Menschen, Muslime zu jagen und sie zu töten. Egal wie. Diese Idee haben Buddhisten. Ich finde es erstaunlich, dass gerade eine Religionsgemeischschaft wie der Buddhismus, sich so gegen den Menschen richten kann. Solch ein Verhalten, was die Buddhisten an den Tag legen, kommt normaler Weise nur in einem Horrorfilm vor. Aber es ist echt und unglaublich. Würde man da eine Armee zwischen stecken, würde das Morden an den Muslimen nicht aufhören, sondern es würden auch die Buddhisten sterben. Die Buddhisten sollten resozialisiert werden und umerzogen. Vielleicht ist es besser alle Buddhisten einzufangen und sie in die Psychiatrie einzuweisen. Eine unglaubliche Situation von Grausamkeit, die man sich in seinen widerlichsten abartigsten Phantasien nicht ausdenken kann.

Ich finde das Wetter ist auch sehr interessant. Man hat früher immer gedacht, die Wetterexperten laufen neben der Kappe, jedoch sind diese Nachrichten verlässlich.

Ich finde die Wahlen wichtig. Die Wahlen sind so wichtig, dass ich nicht hingehen werde. Wozu ein Kreuz machen? Wozu sich interessieren, wenn ich, wenn es darauf ankommt , nicht im Geringsten die Chance habe, mitzureden und zu entscheiden? Ich muss eine Person wählen, die das ganze Volk vertritt. Diese Person wird etwas vorhaben und versprechen, ob, wenn es soweit ist, alles auch umsetzbar ist, ist wieder eine andere Sache. Was ist, wenn die Person, sich entscheidet Krieg zu führen oder ein Gesetz verabschiedet, was mir nicht genehm ist? Politik ist kompliziert und wird im Gemeinsinn konstruiert. Auch wenn ich den oder die wähle, gibt es immer eine Gemeinschaft, die hinter der gewählten Person steht. Ich fühle mich als Opfer. Und ob nun einverstanden oder nicht, solange meine Kohle stimmt, ist es mir egal.

Es gibt viele Nachrichten. Nur, je mehr ich davon sehe, je mehr werden diese Nachrichten zur Unterhaltung und geben Anstoß zur Bewertung, jedoch geben diese Nachrichten mir nie die Chance einzugreifen, zu verhindern oder zu unterstützen. Ich bin zu Hause das Opfer eines Erdbebens in Italien. Ich muss zusehen, wie Donald Trump sich mit dem Präsidenten Kim Jong Un aus Nordkorea fetzt. Das Einzige, was ich sehen werde, ist, dass der Knopf gedrückt wird, dann bin ich weg und alle anderen auch. Mein letzter Augenblick ist dann die Nachricht über das Drücken eines Knopfes, der uns alle den Tod bringt.

Nachrichten sind egal und dienen dazu mich zu unterhalten und zu informieren, verhelfen TV-Sendern zu Einschaltquoten und Einnahmen. Magazine, Zeitungen, Fernsehen. Es soll Journalisten geben, die bekommen für ein gutes Foto 2000€. Ich habe bestimmt zu wenig erzählt jetzt.

Wenn Geld egal ist

Geld ist niemals egal. Geld ist nur egal, wenn Du genug davon hast. Wenn Du genug Geld hast, kannst Du Dir nicht nur alles kaufen, was Du willst, sondern Du kannst Menschen dafür bezahlen, Dich zu lieben, sich mit Dir zu befreunden. Du kannst Menschen dafür bezahlen, dass sie Deine Wahrheit sagen. Du kannst Menschen Geld geben, damit sie Menschen töten. Du kannst Menschen Geld geben, damit sie sich ausziehen und Sex vor laufender Kamera haben. Geld. Geld regiert die Welt. Ein Freund von mir hat mal gesagt, „Geld öffnet Dir die Türen!"
Welche Türen denn? Die Tür zu einer geheuchelten Freundschaft? Die Tür zu einem Klamottenladen oder die Tür zu einem Autohaus für ein cooles Auto?
Was für eine Tür? Wo will der Mann hin, der Freund, damit ihm Geld eine Tür öffnet.
Ich hab das nicht verstanden.
Man sagt, die reichsten Leute sind die geizigsten Leute. Stimmt das, oder denken die reichen Leute einfach nur daran, noch mehr Geld zu bekommen, anstatt es auszugeben, was eh nichts nützt? Man hat doch alles. Wie kann Geld nützen, wenn es doch nur langweilt.

Geld.

Es soll Leute geben, die Geld haben und es tatsächlich irgendwie sinnvoll verwerten wollen. Das Geld wird in Forschungsprojekte investiert und in Hilfsorganisationen. Nur eben so, dass das Geld nicht einfach weg ist, sondern nachhaltig und zukunftsträchtig den Menschen nutzen bringt.

Auch Forschung ist teuer.

Vielleicht haben wir Glück, dass mal etwas erfunden wird, dass den hungernden und durstenden Menschen in Afrika helfen wird, aus dem Unglück ans Licht zu kommen. Ich finde die Idee großartig. Nur, in dem Augenblick, in dem geforscht wird, hungern und dursten die Menschen weiter. Wo ist das Geld? Wo sind die Milliarden?

Es hätte doch eigentlich gereicht eine Wasserleitung zu bauen oder ein Verfahren zu entwickeln Schmutzwasser oder Meerwasser zu Brauchwasser zu verarbeiten. Dann würde man eventuell auch Landwirtschaft und Tierwirtschaft betreiben können. Aber es wird geforscht.

Solche Maschinen oder Verfahren gibt es aber schon. Nur das Problem scheint, dass es sinnlos ist mit Geld einfach etwas Nützliches für andere Menschen zu machen, ohne selbst profitieren zu können. Man hat Millionen, hortet sie aber lieber, anstatt sie auszugeben.

Geld als Status Quo. Sein oder nicht sein. Und die anderen? Ist mir doch egal.

Beinahe jeden Tage fragen mich meine Kinder nach Geld. Ich gehe einkaufen und gebe Geld aus. Das geht ganz gut. Geld ausgeben.

Wenn ich mal kein Geld ausgebe, bin ich geizig und gemein. Ich bin den anderen nicht mehr nützlich. Aber umsonst etwas zu bekommen, das ist eine Alternative der Superlative. Jeder mag etwas gemacht bekommen, fertig gestellt oder in die Hand gelegt. Alles kostenlos.

Sobald ich aber sage, ich will Geld dafür, geht es nicht mehr.

Ich denke, das wichtigste ist, das Geld anderer Leute, wenn es ums Ausgeben geht und das allerwichtigste ist, das Geld, das immer in meiner Tasche kommt und sich vermehrt, egal wie. Mögen wir uns davor hüten, zu betrügen und zu übervorteilen.

Neid ist das Schlimmste, was es gibt.

Egal wie viel und was Du hast, Menschen würden Dich töten vor Neid und Missgunst. Sie würden Dich erschlagen. Ein sehr intelligenter Mensch hat mal gesagt: „Zufriedenheit ist, sich daran zu erfreuen, was man hat und auch Genugtuung daran zu finden."

Wenn Kinder egal sind

Kinder sind nicht egal. Ich habe mehr als zwei davon und weniger als sechs. Man könnte jetzt spekulieren und denken, ich hätte vier. Aber dann müsste man noch eins drauf legen und erst dann ist es richtig. Ich bin noch jung, behaupte ich mal, so ca. Und könnte, wenn es klappt noch ein Kind zeugen. Ich kann nicht zeugen. Ich kann ungeschützten Geschlechtsverkehr haben, aber zeugen kann ich nicht. Definitiv nicht. Denn würde ich zeugen können, hätte ich alles unter Kontrolle und bräuchte nicht verhüten. Also, wenn man kein Risiko eingehen will und sich sicher sein will, nicht schwanger werden zu wollen, muss man verhüten. Auch Männer tragen Verantwortung. Ein schwieriges Thema ist das. Verhütung. Schwangerschaft. Erziehung.
Ob man eine gute Mutter ist, hängt nicht von der Anzahl der Kinder ab. Das ist schon mal sicher. Ob man ein guter Vater ist, hängt nicht ab von der Zeit , die er mit den Kindern verbringt, sondern es hängt auch davon ab, wie der Vater die Zeit mit den Kindern verbringt. Was auch immer. Erziehung sollte gemeinsam stattfinden. Mit Mama und Papa.
Manche Frauen wollen Babys oder Föten abtreiben. Ich bin mir nicht sicher, ob den Frauen

das Baby egal ist. Aber vielleicht ist ihnen, den Frauen ihr Leben wichtiger. Ihre Freiheit, das ungestüme Leben, die Sorglosigkeit, Vielleicht wollen die Frauen lieber Geld verdienen.

Es gibt Frauen, die gebären ihre Babys heimlich und geben sie dann weg. Leider gibt es auch Frauen, die ihre Babys töten und dann irgendwo, irgendwie verstecken. Ein trauriges Schicksal. Was auch immer die Frauen dazu bewegt: Auch ihnen war ihr Baby nicht egal, nur im Weg. Vielleicht hatten die Frauen Angst. Vielleicht entstand das Baby aus einer Vergewaltigung heraus. So dass die Frauen sich noch mehr schämen und noch gedemütigter fühlen. Ein Kind gezeugt von einem Verbrecher unter Schmerzen. Es sind nicht nur seelische Wunden, sondern auch nachhaltige körperliche Wunden. Ein Trauma. Es ist die Angst und der Ekel, das Baby würde dem Peiniger, dem Vergewaltiger ähnlich sehen. Es ist Scham.

Manche Kinder werden getötet. Manche Kinder sterben an einer schlimmen Krankheit, sind unheilbar krank, müssen in ein Hospiz.

Aber bei Kindern geht es nicht nur um Krankheit, Tod und Vergewaltigung.

Kinder müssen erzogen werden, versorgt werden. Kinder brauchen Essen, Spielzeug, Liebe, Geborgenheit, Klamotten. Schule ist auch sehr wichtig.

Kinder sind niemals egal. Hat man die Bereitschaft dazu, sich um Kinder zu kümmern? Überlegt bitte gut. Es ist so und es ist tatsächlich so: Manchmal ist ein Kind genauso schnell gezeugt, wie die Hose runter ist. Andere Paare versuchen es Jahre lang, schwanger zu werden, aber es passiert nichts. Die Frau wird einfach nicht schwanger.

Und noch eins ist wichtig. Unsere Kinder werden die zukünftigen Eltern sein und wir, die jetzt Eltern sind, werden eines Tages alt und grau sein.

Wenn Kosmetik egal ist

Vielleicht ist es erst mal wichtig, das Wort Kosmetik zu definieren.
Bei Kosmetik geht es nicht nur um Make- up, sondern auch um Pflegeprodukte. Ich bin mir nicht sicher, ob Parfüm auch zu Kosmetik zählt. Aber ich schreibe das jetzt einfach mit dazu. Wenn ich zu Douglas gehe ist nämlich alles unter einem Dach.
Ich finde Kosmetik nicht egal, aber man kann damit genauso viel Geld verdienen, wie dafür ausgeben. Kosmetik ist Industrie und Personal Art.
Die Kunst der Verschönerung oder Verhinderung. Anti Aging.
Tragischer Weise geht es nicht nur noch um einen schicken Lippenstift, sondern auch um Haarfärbung. Alles, was man am Körper irgendwie verändern kann, wird gemacht. Viele Menschen übertreiben und legen sich für die Schönheit sogar unters Messer. Es wird sich Gift unter die Haut gespritzt. Botox. Das hat zwar nichts mehr mit Kosmetik zu tun, jedoch gehört es trotzdem dazu. Ich habe gerade bei Wikipedia nach geguckt und da steht unter Kosmetik, dass das Wort aus dem altgriechischen kommt und ich ziere, ich schmücke, ich ordne, bedeutet.

Auch Zahnpasta und Sonnenschutzmittel gehört
zu Kosmetik.

Man brauch wirklich nicht alles. Kosmetik ist
nicht jedermanns Sache, aber jedermanns
Schicksal. Ohne geht es nicht. Rasierschaum und
Rasierer. Ob nun elektrisch oder mit der Klinge.
Es ist Kosmetik.
In Afrika nehmen die Menschen roten Sand und
cremen sich damit ein. Die Aborigines haben
weiß auf der Haut. Jeder macht irgend etwas. Ich
glaube nicht, dass, wenn wir Kosmetik wirklich
definieren, noch wissen, dass Haarshampoo und
Seife auch dazu gehört. Pflegeprodukte.
Kosmetik ist nicht egal, sondern allgegenwärtig.

Wenn Gesundheit egal ist

Wann ist Gesundheit egal? Gesundheit ist dann egal, wenn der Spaß im Vordergrund steht. Ansonsten würden wohl kaum so viele Menschen Drogen nehmen und Alkohol trinken. Sich berauschen. Wenn ich jetzt hingehen würde und den Menschen das Rauchen oder Trinken verbieten, dann wäre ich ein böser Mensch. Es ist den Menschen egal, ob sie ihr Geld sinnlos verprassen. Es ist den Menschen egal, wenn sie besoffen im Gebüsch liegen bleiben. Das ist dann lustig. Es ist den Menschen auch egal, wenn sie neben jemanden aufwachen, der nackt und schön (?) ist. Alles ist egal. Ich sprach dabei nur von Alkohol.

Über derbe Drogen wie Kokain und künstlich hergestellte Drogen, synthetische Drogen will ich mich jetzt nicht auslassen. Zum Glück weiß ich nur, dass man davon schwer krank werden kann. Es verändert sich das Hautbild und auch die inneren Organe werden geschädigt. Diese Drogen sind sehr teuer und nur auf dem Schwarzmarkt erhältlich. Ich kenne weder das Milieu, noch die Preise. Darüber bin ich froh. Das einzige Medikament, das zugleich berauscht und heilt, ist Marihuana. Und dieses Medikament halte ich für notwendig zu legalisieren. Es gibt

Menschen, die haben einen Tick. Das bedeutet, die Menschen können weder ihren Körper noch ihre Stimme kontrollieren. Diese Menschen schreien plötzlich laut oder bewegen sich plötzlich sehr heftig. Nur dadurch, dass sie Haschisch rauchen, können sie ihren Körper unter Kontrolle halten. Die Krankheit heißt Tourett- Syndrom. Natürlich gibt es auch Leute, die Haschisch nehmen, um sich am Rausch zu vergnügen. Aber solange derjenige niemanden gefährdet, sich oder jemanden anders, ist es okay. Rauchen ist mit oder ohne Haschisch gesundheitsschädlich. Naja. Kekse gingen auch!!!

Es gibt Menschen, die nehmen zu Forschungszwecken Medikamente. Die Leute werden dafür bezahlt, um zu testen, ob das Medikament Nebenwirkungen hat. Das kann ein Volltreffer werden im Nachhintenlosgehen. Gesund ist es nicht, einfach so Medikamente zu nehmen. Es gibt da aber noch was. Man nennt diese Medikamente Placebos. Mit diesen Placebos wird die Selbstheilung getestet. Den Menschen wird erzählt, so und so ist die Wirkung und dann bekommen die Menschen von dem Medikament Kopfschmerzen, wenn den Menschen gesagt wird, dass das Medikament kann Kopfschmerzen verursachen. Das ist ein psychologische Taktik. Mann könnte dem Menschen auch genauso sagen, von dem Medikament gehen die chronischen Bauchmerzen weg. Es gibt Ärzte, die damit Erfolg haben. Nicht jede Krankheit ist placebotauglich. Ärzte haben da Ahnung, ich nicht.

Dann haben wir noch die Bodybuilder. Menschen, die sich Medikamente spritzen lassen, um das Muskelwachstum zu fördern. Das ist nicht gesund, aber egal. Jedenfalls für den Bodybuilder. Der Bodybuilder nimmt Anabolika in Form von Steroiden und Testosteronen. Dem Körper fällt es durch diese Zugabe leichter Muskelmasse aufzubauen. Manchen Menschen scheint es wichtig zu sein, einen durchtrainierten Körper zu haben. Muss das sein? Muss man so übertreiben? Kann ein Mann nicht normal Muskeln haben? Tse....!

Aber Danke für das Antibiotika. Antibiotika sind Arzneimittel die Bakterien töten. Ein einfaches Medikament, das in früherer Zeit, vor seiner Erfindung, viele Menschen hätte retten können.

Gesundheit ist niemals egal. Gesundheit ist nur egal, wenn der Spaß dem Nutzen vorangeht. Diese Substanzen, die süchtig machen nach Spaß, Gelassenheit und auch Egalsein. Ab da kommen wir in den Bereich von egal.

Wenn Tiere egal sind

Jedes Geschöpf, das eine Seele hat, ist nicht egal.
Jedes Geschöpf verdienst Respekt, Versorgung
und Schutz.
Spontan fallen mir die Hunde aus China ein. In
China werden Hunde eingefangen. Die Hunde
haben irgendwo gelebt. Sobald die Hunde in die
Hände von Hundefängern kommen, wird den
Hunden das Fell abgebrannt und die Hunde
werden lebendig in heißem Wasser gekocht.
Manche Hunde werden geschlagen und in
kleinen Käfigen transportiert, bevor sie getötet
werden.
In Deutschland wird oft und gerne über die
Chinesen die Lüge erzählt, sie würden in ihren
Restaurants Hundefleisch verkaufen. Das stimmt
nicht.
Wenn auch nur ein Hund bekannt ist, der von
einem Chinesen getötet wurde, um ihn in einem
Restaurant zu verzehren, würde der
Ladenbesitzer den Laden dicht machen müssen.
In Deutschland ist der Verzehr von Hundefleisch
gesetzlich verboten und auch das Schlachten von
Hunden.
Hunde scheinen sowieso irgendwie Opfer zu
sein. Es gibt verrückte Menschen, die halten sich
auf ihrem Grundstück dreißig Hunde oder mehr.

Die Tiere vermehren sich, wie sie wollen. Die Hunde sind nicht zahm, unterernährt, krank und parasitär. Der Hof ist dreckig. Es stinkt nach Hundekot und Dreck. Eine elendige Situation. Das hat nichts mit Tierliebe zu tun, sondern mit der Unfähigkeit Hunde artgerecht zu halten und auch nicht dafür zu sorgen, dass die Tiere sich nicht kontrolliert vermehren.

Oder die Leute, die Hunde übersensiblisieren und Rassen züchten. Die Hunde werden als Hund überbewertet und teuer verkauft. Dafür gibt es sogar einen Schwarzmarkt und wieder werden Hunde ausgenutzt und schlecht behandelt. Die Hunde werden unzumutbar gehalten und sind nur dazu da, um Nachwuchs zu zeugen. Es wird versucht, kranke und ungeimpfte Tiere zu verkaufen. Die Tiere werden von der Mutter zu früh weggenommen und sterben innerhalb des Transportes oder kurz danach.

Hunde sind in Deutschland Kuscheltiere mit Kümmerfaktor. Manche Menschen lieben ihre Hunde mehr als ihre Kinder oder stellen sich vor, ihr Hund sei ihr Kind.

Hunde sind keine Tiere, sondern werden eigentlich immer nur von dem Menschen missbraucht. Kaum ein Hundebesitzer sieht den Hund als Tier und hält ihn artgerecht draußen. Hundehütten sind cool, finde ich jedenfalls.

Gassigehen im Wald und eine Plastiktüte dabei, damit das Herrchen den frisch gekackten Haufen in eine Tüte macht, damit niemand reintritt in die Scheiße. Und Gott sei Dank. Es gab Zeiten, da waren diese Blindgänger miese Tretminen. Wenn man in Hessen auf öffentlichen Plätzen einen Hund kacken lässt, ohne den Haufen einzusammeln, kostet das 20,-€ Bußgeld. Der Hund ist egal, nur sein Haufen nicht. Man zahlt in Offenbach 90,- € Steuern für einen Hund im Jahr.

Besonders egal in Deutschland sind Schlachttiere. Wir sind es gewohnt, Fleisch nicht als Tier zusehen, dass gemistet und gefüttert werden muss, Junge bekommt oder mal krank wird, sondern das Tier ist Fleisch in Plastikfolie eingepackt oder an der Fleischtheke nett angerichtet. Die Wurst, das Steak, der Salat, der Braten. Das Tier ist kein Tier. Das Tier wird stets verniedlicht. Es geht eben um das Schweinchen und die Milkakuh. Das Sparschwein in rosa. Da kommen mir Fragen auf, wenn ich daran denke, wie grausam es ist das Tier, die Kuh, das Schwein, die Gans töten zu müssen, um es zu essen. Das Schlachttier ist nicht egal, sondern es fehlt der Sprung oder die Akzeptanz, dass diese Tiere dazu gehalten werden, um dem Mensch als Nahrung zu dienen. Mit diesen Tieren wird Geld verdient und für diese Tiere wird Geld ausgegeben. Es wird Geld für die Haltung und Zucht ausgegeben und Geld verdient, durch den Verkauf an den Schlachter und eventuelle einer Gerberei zur Lederherstellung.

Tja.. Milch, Butter, Käse, Joghurt, Quark, Buttermich etc.

Das alles sind Milchprodukte. Diese Milchprodukte liefert eine Kuh, die ein Kälbchen hat. Nur wenn die Kuh ein Kälbchen hat, kann sie gemolken werden. Das bedeutet für die Kuh, dass wenn sie keine Kälbchen mehr hat oder haben kann, sie für die Milchproduktion untrauglich wird und zum Schlachttier wird. Die Schlachterei als Endstation für die Kuh nach jahrelanger Milchproduktion und Zwangsbesamung. Kaum ein Mensch macht sich darüber Gedanken, dass wir nur Milch haben, wenn wir eine Kuh haben. Es steht zwar auf der Verpackung Kuhmilch oder Schafsmilch oder Ziegenmilch, jedoch kaufen wir immer nur die Milch aber nie eine Kuh, ein Schaf oder eine Ziege. Fazit: Die Kuh ist als Tier egal, solange sie auf der Weide steht und lila ist. Die Kuh ist auch egal, solange sie als Fleischstück eingepackt ist und in Plastikfolie fertig mariniert ist. Egal ist die Kuh nicht mehr, wenn ich sie zum Schlachter bringe, um sie zu töten. Der Tod oder das Prozedere der Tötung gehört hinter verschlossene Tür und darf nicht gezeigt und gesehen werden. Die Kuh ist ein Kuscheltier aus einem Bilderbuch oder echtes Kino.

Wenn mir egal ist, was ich esse

Bevor man egal sagt, was man isst, muss es entweder einen Mangel geben an Versorgung oder andererseits muss man nicht in der Lage sein, Lebensmittel sinnvoll zu verarbeiten oder zu sich zu nehmen. Nicht alle Lebensmittel sind gesund.

Wasser ist auch ein Lebensmittel. In manchen Ländern ist das Wasser so verschmutzt, dass es braun ist und schlimmsten Falls, sogar stinkt. Die Menschen müssen das Wasser trinken. Den Menschen ist die Qualität des Wassers keinesfalls egal, sondern die Menschen haben keine andere Wahl, da es kein anderes Wasser gibt. Manchmal gibt es so wenig Wasser, dass man sich nicht mal waschen kann oder die Zähne putzen. So kostbar kann Wasser sein. Menschen verdursten bei Dürrekatastrophen.

Wenn Nahrungsmittel knapp werden, wird aus der Natur das genommen, was gerade greifbar ist. Häufig sind es Beeren und Gras. Ich denke nicht, dass man in freier Wildbahn einfach so überleben kann. Spontan wüsste ich auch nicht, wie ich mitten im Wald an Wasser kommen könnte. Ich glaube, wenn ich mich im deutschen Gehölz, im Schwarzwald, verlaufen würde, blieben mir drei Tage oder weniger, um herauszufinden, wie ich aus dem Gestrüpp komme. Aber in Deutschland funktioniert weg sein im Wald eigentlich nicht. Der Wald hat überall Wege und man kommt an eine Straße. So oder so.

Aber nun zu den Antiernährungsexperten. Kohlenhydrate, Zucker, Eiweiß, Fett und Zusatzstoffe. Zusatzstoffe wie Farbgeber oder Geschmacksverstärker. Ein Krankheit ist glutenfrei und lactosefrei. Gluten ist Klebereiweiß, ein Protein, das in einigen Arten von Getreiden vorkommt. Lactose ist Milchzucker. Wenn Milch keine Lactose enthält, wird der Milch Glukose (Traubenzucker) zugesetzt. Mich wundert nur, dass in Ländern, in denen die Familien Tierwirtschaft betreiben, es diese Anomalie wie lactoseintolleranz, nicht gibt. In Algerien kommt die Milch aus dem Euter und genauso auf den Frühstückstisch. Wenn man den Menschen in Algerien etwas von Lactose erzählen würde und das geht nicht, dann würden die mit einem Fieberthermometer kommen. Den Namen einer Krankheit kennt man nur, wenn es die Krankheit gibt. Damit sind von der lactoseintolleranz nur Industrieländer betroffen, die so etwas auch herstellen können. Lactosefreie Milch! Die Krankheit gibt es bei uns zwar auch nicht, aber dafür haben wir einer neue Milchsorte und etwas mehr, worüber wir uns unterhalten können. Oder schreiben, so wie ich jetzt.

In Deutschland gibt es irgendwie alles und davon eine ganze Menge. Ich habe in einem Supermarkt mindesten zwei Reihen nur Schokoladenprodukte, zwei Reihen oder mehr Milchprodukte, Fleisch, Brot, Gebäck, Eis und Obst und Gemüse. Ich krieg alles, was ich haben will, egal wann. Wenn etwas mal nicht frisch zu haben ist, weil man sich außerhalb der Saison befindet, dann kaufe ich eine Konserve. Schon geht es wieder. Das ist unglaublich. Ich habe zu Hause Hunger auf Schokolade und wenn ich mir etwas kaufen will, dann bin ich im Laden bereits zugedrönt. Alles ist bunt, in Plastik oder Alu eingewickelt. Es glitzert und blinkt und sieht lecker aus. Ich fühle mich überfordert und in die Ecke gedrängt. Kaufen, ich will kaufen. Was will ich kaufen? Schokolade. Ich bin wie hypnotisiert und fixiere Schokoldade. Das Ende vom Lied: ich habe eine Tafel Schokolade, die gleiche wie immer und verschwinde wieder aus dem Laden. Mir ist nicht egal, was ich esse. Aber ich bin überfordert. Mich überfordert das Maßlose Angebot und der Preiskampf und die Fülle. Ich ignoriere, was ich nicht kenne. Genauso ist es mit allen anderen Produkten auch. Ich kaufe

immer nur das Gleiche und verschwinde wieder.
Mir ist nicht egal, was ich esse. Aber wo wir
schon mal dabei sind: Wightwatchers und
Lowcarb.
Ich möchte immer alles erklären, wenn ich etwas
schreibe. Aber einfacher geht „FDH". Friss die
Hälfte. Wenn ich jetzt noch alle Diäten aufzählen
soll, die mal jemand erfunden hat, dann muss ich
auch in die Apotheke. Und wirklich, es gibt
Medikamente, die das Abnehmen unterstützen.
In Deutschland ist es nicht egal, was man isst,
aber man wird von allen Seiten zugedrönt.
E S S E N.
Sushi ist cool, auf dem Weg.
Zum Glück gibt es besondere Regelungen, wenn
es um Alkoholwerbung geht. Wenigsten da
macht man etwas Pause.

Wenn Religion egal ist

Religion ist nicht egal. Nur bei Religionen ist es so, dass jeder seine Religion für den Maßstab aller Dinge hält. In Deutschland ist Religion sowieso egal. Jeder darf an das glauben, was er will, besonders dann, wenn es um den Weihnachtsmann geht.

Der Weihnachtsmann verherrlicht nämlich den Schenkzwang zum 24. Dezember. Den ganzen Dezember lang wirbt der kleine weißbärtige Mann in seinem roten Gewand und dem Rentierschlitten für die Geburt Jesus und erzeugt damit ein unwiderstehlichen und nicht nachzugebenden Kaufzwang. Der Weihnachtsmann gibt dem Impuls in der Manier des Nikolaus von Marya, sein Vermögen für die Armen und Unterdrückten auszugeben. Am 6. Dezember wird der Todestag des Heiligen Nikolaus von Marya gefeiert. Bei der Gelegenheit macht es mich gerade stutzig, warum man ihn, Nikolaus von Marja, nicht auch zu Allerheiligen feiert. An Allerheiligen feiert man alle Heiligen in einem Abwasch. Warum also nicht auch Nikolaus von Marya?

Ich geb mal einen Tipp. Der Tipp heißt: Schokoladenweihnachtsmänner ääääh Schokoladennikoläuse. Und das war noch nicht alles. Lebkuchen und Christstollen, Marzipanbrote und Kekse. Auch damit verdient man Geld zu Weihnachten. Und damit wir Weihnachten nicht vergessen und die Leute in Stimmung bringen, verkaufen wir zu mindestens das Gebäck schon ab Anfang September. Mich überfordert die Situation schon jetzt, dass ich mich entziehen möchte.

Ich sage: „Nein. Den Weihnachtsmann, den gibt es doch garnicht! Oder glaubst Du an den Weihnachtsmann?"

Hhhhh Jeder weiß, dass es Spinnerei ist mit dem Weihnachtsmann. Nur kleine Kinder nicht. Kleine Kinder haben nämlich Angst vor dieser Märchenfigur, weil die Eltern den Kindern erzählen, sie würden es mit der Rute bekommen, wenn sie nicht artig sind. Wenn sich ein Nikolaus (?) am 6 ten Dezember aufmacht, um Schokonikoläuse an die Kinder zu verteilen, macht so manch ein Kind den Schuh oder bricht in Tränen aus.

Das Christentum ist in erster Linie Kommerz in Deutschland. Kaum ein Deutscher, der sich für ein Christ hält, kennt die Bibel und hat eine Bibel zu Hause. Es ist alles nur „Kling Glöckchen klingelingeling" und der Osterhase. Den Osterhasen gibt es erst seit 1682 n. Chr. Der Medizinprofessor Georg Franck von Franckenau hat ihn erfunden, den Osterhasen. Das ist auch wieder Schokoladenverkauf. Das Osterfest geht im christlichen Glauben einher mit der Auferstehung des Propheten Jesus. Ostern sind Gedenktage daran. Das Wort Ostern kommt aus dem Hebräischen und bedeutet pessach.

Ostern und Weihnachten wird auch von Atheisten gefeiert. Es ist Kult in Deutschland. Der Mann mit dem weißen Bart und dem roten Mantel und der roten Hose. Der Osterhase, der in bunt, süß da sitzt und unter sich Schokoladeneier hat. Kein Mensch glaubt an solche Sachen. Jeder Deutsche weiß, dass es ein Lüge ist, der Osterhase und der Weihnachtsmann.

Aber ich kenne die Lache des Einzelhandels. Der Einzelhandel ist Träger und Begründer dieser Lache. Kennt Ihr diese Lache? Diese Lache geht so: HOHOHO!

Multikulturelles Religionsverständnis sollte eigentlich Toleranz fördern und die Menschen verbinden. Es gibt da nur eine klitzkleine Kleinigkeit, die dem Deutschen sehr auf den Sack geht. Und zwar ist es branntheiß, wenn da einer kommt und sagt, das geht so und so, wo doch die Uhr auf egal steht. In Deutschland macht jeder Mensch alles, so wie er es für richtig hält. Das Hauptaugenmerk liegt dabei auf

Konsum und Verkauf.

Ich kenne einen Übeltäter, der mir die Seele raubt, mich auf die Palme bringt. Der Mann kritisiert mich und stellt mein Leben in Frage und sagt, ich soll was richtig machen, wo es mir doch egal ist, was falsch oder richtig ist. Wichtig ist nur die Gaudi. Ich werde jetzt mal aus der Deckung kommen und das Wort Imam schreiben.

Oh mein Gott! Die Hassprediger sind wieder unterwegs.

Tse....! Schariaaaaaaa!

Das Angstwort, das mich mit einem Schmerz begleitet. Das Wort, das vor 1400 Jahren die Menschen rechtleitete und immer noch in der Zeit schwebt.

Das Wort Scharia braucht niemandem Angst machen. Das, was ihr denkt, dass Euch Angst macht, nennt man Haddstrafe. Die Scharia ist, dass man die Kultur, das Leben, alles, was das Leben ausmacht, nach dem Maßstab von Quran und Sunna, ausrichtet. Die Sunna ist das, was der Prophet Muhammad, Friede und Segen auf ihn, erlaubte, verbot und stillschweigend billigte.

Auch im Quran stehen Gesetze und Verbote. Haddstrafen sind Grenzstrafen.

Ein großes Thema. Ich denke, da Zinsen nehmen und Zinsen verlangen im Islam verboten sind, fangen wir jetzt an uns demnächst ein Auto zu kaufen, in dem wir es entweder bar bezahlen oder auf Nullzins abbezahlen. Es gibt bereits Händler, die so etwas geben. Zinslose Kredite. Das ist auch Scharia.

Religion ist nicht egal, nur ätzend, wenn sie Erziehung bedeutet und Konsequenzen bei ungehorsam und strafbaren Handlungen.

Aber das Schlimmste am Islam ist, dass der Islam so unkommerziell ist. Bildung ist umsonst im Islam, man isst einen ganzen Monat am Tage nichts, man unterstützt die Armen mit Zakat. Ich glaube, ich werde mir mal eine Masche einfallen lassen, um Euch den Islam zu verherrlichen und damit gleichzeitig Geld zu verdienen. Frei nach Knigge. Nur mit dem Unterschied, es gibt nur einen Gott und Muhammad, Friede und Segen auf ihn, ist sein Diener und Gesandter.

Wenn mir Sauberkeit egal ist

Warum auch immer: Sauberkeit scheint nur den nicht zu interessieren, der es von anderen erwartet, aber für sich selbst nicht für nötig hält. Manche Leute reagieren übersensibel auf Dreck, andere haben da weniger Probleme mit, mal etwas liegen zu lassen oder nicht zu putzen. Sauberkeit ist nicht egal, wenn die Stadtwerke streiken. Weil wenn die Müllabfuhr mal nicht kommt, dann wird das Grauen sichtbar.
Müll. Wir produzieren Müll. Jeden Tag in jeder Form. Ob nun kompostierbarer Müll, reciclefähiger Müll oder Sondermüll.
Sondermüll!
Sondermüll ist Abbeizmittel, Abflussreiniger, Altöl, Backofenreiniger, Bleichbäder, Entkalker, Entwicklungsbäder, Farben, Fixierbäder, Fleckentferner, Frittierfette, Haushaltsbatterien, Herdputzmittel, Kaltreiniger, Klebemittel, Kosmetika, Lacke, Laugen, Leim, Metallputzmittel, Mottenschutzmittel, Pflanzenschutzmittel, Rostschutzmittel, Salmiakgeist, Säuren, Schädlingsbekämpfungsmittel, sonstige chemische Abfälle aus Heim- und Schullabors,Terpentin, Verdünner,Waschbenzin, WC-Reiniger usw..

Medikamente, die nicht mehr verwendet werden können, soll man in der Apotheke abgeben. Es gibt Apotheken, die abgelaufene oder nicht mehr zu gebrauchende Medikamente annehmen. Aber selbst dazu gibt es einen Text: Medikamete nicht in die Toilette oder in den Hausmüll, oder doch in den Hausmüll oder zum Recicelinghof bringen.

Echt... und ich kipp mein Frittierfett immer in den Ausguss. Ich geb das jetzt zu und bin schuldig.

Mir ist Sauberkeit nicht egal. Jedoch haben wir einen Hausmeister und der wollte den Job, nicht ich. Wenn also Silvester alles voll ist mit Raketen und Flaschen und Böllern und Zigaretten und Kotze, dann weiß der Hausmeister auch, wen er anruft. Der Hausmeister ruft eine Firma an und dann kommen sechs Leute und fegen alles weg, wozu der Hausmeister auch keinen Bock. Der Hausmeister und der Mieter. Beide haben keinen Bock auf Dreck, aber jeder weiß, wer ihn weg macht, den Dreck. Den Dreck wegmachen wird eine Reinigungsfirma.

So ist es dem egal, der den Dreck macht und der Dreck ist dem egal, der jemanden anruft, um den Dreck wegzumachen. Nur dem, der den Dreck wegmachen muss, dem ist der Dreck nicht egal. Denn der, der den Dreck wegmachen muss, kriegt Geld fürs Dreckwegmachen.

Verstanden? Sauberkeit ist wichtig und richtig. Aber nur, wenn man Dreck machen kann, ohne dafür zuständig zu sein, den Dreck wegmachen zu müssen. Und der, der den Dreck wegmacht und für das Dreckwegmachen Geld bekommt, dem ist der Dreck wichtig.

Ich glaube, Ihr seid nicht ganz sauber!

Wenn mir Bildung egal ist

Bildung ist nur dem egal, der keine Bildung genossen hat oder sich mit Absicht der Bildung entzieht. Es gibt Leute, die schicken jemanden lesen, nicht damit derjenige Kenntnisse erlagt, sondern um ihn ruhig zu stellen und aus dem Weg zu schaffen. Manche Leute lesen gerne Bücher. Nur wenn ich denjenigen frage, was er gelesen hat, hat er keine Antwort.

Schwer? Wie kann man 350 Seiten Buch lesen und wenn man gefragt wird, um was es in dem Buch ging, dann kommt kein einziger Satz? Ich habe mal gehört, dass der Umgang mit Büchern oder überhaupt das Lesen, die sprachlichen Fähigkeiten fördert. Es geht dabei auch um den Wortschatz und um die Fähigkeit, Sprache in Text zu verwandeln.

Dieses Buch ist einer Reflexion von mir selber. Nicht dass ich nicht sprechen kann, aber würde ich sprechen zu Hause, würde ich nur dumme Antworten bekommen. Vor zwei Tagen habe ich gefragt, wie viel Tage der September hat. Ich bekam zur Antwort, der September hat 32 Tage. So ist das. Es ist auch eine Frage des guten Benehmens und des Respekts an seinem Gegenüber, solche Fragen ernst zu nehmen und leicht zu beantworten. Es gibt keine dummen

Fragen, jedoch fehlende Ernsthaftigkeit. Das hat auch etwas mit Hochmut und Arroganz zu tun. Mir ist schon oft aufgefallen, dass wenn ich gebildeten Personen die gleiche Frage stelle, sie entweder sagen, sie wüssten es nicht oder einen Weg finden eine Antwort auf meine Frage zu suchen. Wenn man ganz viel Glück hat und jemanden erwischt, dem es Spaß macht, Kenntnisse weiterzugeben und zu lernen, dann bekommt man sogar eine richtige Geschichte präsentiert, wo es nur um den September, die Jahre, die Jahreszeiten und Monate geht. Es kann sehr spannend sein, sowas. Wenn man nur mit einer kleinen Frage eine Reise um die Welt bekommt.

Ich liebe das sehr.

Fakt ist: Je ungebildeter der Mensch ist, je weniger kann man mit ihm tolle Sachen machen. Man muss sich von dummen Menschen, die dumm bleiben wollen und dumm sein lieben, sich aber für schlau und gerecht halten, distanzieren und weiten Abstand halten. Sonst erreicht man für seine Arbeit, egal wie man sich anstrengt und versucht sein Bestes zu geben, nur Hohn und Spott.

Bildung ist nicht egal. Besonders Sprache ist ein wichtiges Kommunikationsmittel. Damit meine ich nicht nur das Gespräch, sondern auch die

Fähigkeit lesen und schreiben zu können.
Es gibt viele Menschen, denen es schwer fällt,
Worte richtig zu schreiben und einen Satz zu
formulieren, überhaupt irgendwelche Inhalte
schriftlich weiterzugeben. Sprache in Text
umzuwandeln, hat auch etwas mit einem Gefühl
zu tun, sich artikulieren zu können. Leider gibt
es in Deutschland Analphabeten. Die Menschen
sind aber nicht immer ohne Arbeit, sondern
haben einen Weg gefunden, sich irgendwie
durchzumogeln.
Am besten sind noch Leute, die etwas wissen
und sich für die Größten halten. Egal, was man
weiß, einer weiß immer mehr. Deswegen ist es
auch egal, ob ich Deutsche bin. Unter den Lesern
wird es jemanden geben, der Deutscher sein wird
und noch jemanden, der am deutschesten ist.
Mich wundert es doch immer wieder, wie sehr
ich von Leuten wegen meiner sprachlichen
Fähigkeiten kritisiert werde. Gerade die, die
mich kritisieren, können nämlich keinen einzig
richtigen Satz schreiben und die, die helfen
könnten, halten sich zurück, weil sie wissen, es
macht Arbeit zu verbessern und zu erklären.
Pause bitte.
So ist das mit der Bildung. Bildung ist nicht egal.
Jeder weiß es am Besten. Aber um zu wissen,
muss man auch lernen können. Man muss, wenn

man lernen will, sein Limit überschreiten und über sich hinaus wachsen. Man muss geduldig sein und Rückschläge einstecken können. Nicht immer ist alles gut und richtig, auch wenn man sich viel Mühe gegeben hat. Nicht immer ist es gut jemanden zu fragen. Man muss es selber wollen: Die Grenze finden und dann die Grenze überwinden. Ohne Hochmut aber in Demut zum erlangten Wissen und auch mit Respekt gegenüber dem Lehrer.

Ich wünsche allen Menschen der Welt nützliches Wissen, das sie einsetzen können, um damit weiterzuarbeiten. In manchen Ländern lernen die Kinder und nach der Schule ist Schluss. Es gibt keine Ausbildung und auch kein Studium. Was nach der Schule kommt, ist genau das, was vor der Schule war. Das ist auch nicht gut.

Wenn mir Technik egal ist

Um Technik egal lassen zu können, muss man erst mal wissen, was Technik ist.
Sprachlich ist Technik ein Substantiv, Nomen oder Hauptwort. ;-)
Das Wort Technik kommt aus dem Griechischen und bedeutet Kunst, Handwerk und Kunstfertigkeit.
Ich könnte mir jetzt etwas selbst erfinden, jedoch ist das Internet fixer.
Schauen wir mal:
1. Technik ist die Gesamtheit der Verfahren und Arbeitsmittel, mit denen der Mensch sich seine Umwelt zu nutze macht.
2. Technik sind Maschinen und Ausrüstung, die irgendwo benutzt werden.

Das war übrigens auch Technik. Technik als Arbeitsverfahren.
Ich denk mir ein Problem aus, genau wie das Wort Technik, geb das Wort Technik in Google ein und dann bekomme ich eine Antwort. Mir ist Technik nicht egal. Nur wann beginnt Technik und ab wann weiß ich, dass ich Technik auch wirklich nutze?
Technik ist so allgegenwärtig, dass ich Technik garnicht mehr bemerke.

Wenn ich in mein Auto steige, sitze ich in einer Maschine mit Couchfaktor. Ich sitze gemütlich da, mache mir Radio an und Heizung oder Lüftung. Ich stecke den Zündschlüssel ins Schloss und dreh den Schlüssel ganz weit nach rechts. Der Motor geht an und ich wähle den ersten Gang mit der Gangschaltung. Ich drücke die Kupplung und lass langsam das Gas kommen, damit ich losfahre. Jetzt habe ich Technik benutzt. Aber damit das Auto noch fährt, bedarf es nicht nur eines Fahrers, sondern auch einem funktionierenden Motor und Benzin oder Diesel.

Es gibt immer mehr als man sieht.

Wikipedia sagt:
1. Technik sind praktische Künste aus Mittelalter, Altertum und Renaissance.
2. Technik ist die Gesamtheit der von Menschen gemachten Maschinen
3. Technik ist eine Fertigkeit oder Geschicklichkeit
4. Technik ist eine Form des Handelns und des Wissens
5. Technik ist das Prinzip der menschlichen Weltbemächtigung

Ich glaube mit der Technik ist es genauso wie

mit Deo und Kosmetik. Jeder benutzt Technik, jedoch ist es so normal, dass man den Gegenstand nicht mehr zu ordnet, der einem zur Technik verhilft. Technik kann demnach auch sein, so jemand wie ich, der denkt und das was er denkt, mittels einer Tastatur und eines Bildschirms schreibt. Ich finde, es gibt genauso viel Technik wie Kosmetik. Technik ist nicht egal. Technik ist nur schlecht, wenn man sie nicht versteht und nicht mit umgehen kann.

Wenn mir der Friedhof egal ist

Rein spekulativ könnte ich sagen: „Da landen wir alle mal. Auf dem Friedhof."
Sicher?
So sicher bin ich mir da nicht. Nur weil ich weiß, dass ich einmal sterben werde, weiß ich noch lange nicht, wo ich sterben werde. Und wenn ich nicht weiß, wo ich sterben werde, weiß ich auch nicht, wie ich sterben werde.
Mir ist der Friedhof egal. Mir ist auch mein Sarg egal und mir ist egal, wie man meine Leiche einkleiden wird. Es gibt sehr alte Friedhöfe. Neuerdings gibt es sogar Grabsteine, auf denen man ein Bild des Verstorbenen drauf macht. Ich hab schon oft gehört, dass Friedhöfe bestohlen werden. Es werden Blumen und Gießkannen geklaut.
Ich kann wirklich nicht sagen, dass mir Friedhöfe wichtig sind. Vielleicht liegt es daran, dass ich niemanden in der Nähe habe, der tot ist und dass mir das Leben wichtiger ist. Ich hänge an meinem Leben, auch wenn mich mein Leben nicht immer glücklich macht.
Manche Menschen besuchen, wenn sie einmal im Jahr die Familie besuchen, auch das Grab eines Verwandten.
Friedhöfe sind gruselig. Besonders nachts ist es

auf dem Friedhof gruselig. Man erinnert sich an Filme, in denen nachts die Toten aus den Gräbern steigen und den Menschen langsam und unaufhaltsam hinterher schleichen, um die Menschen zu töten. Der Tod stinkt und ist unbarmherzig.

Jeder Mensch verkriecht sich und will nichts damit zu tun haben. Mit dem Tod.

Kein Mensch kann sich davor schützen, vor dem Tod. Wir alle werden sterben. Jeder nacheinander. Jedoch werden wir nicht aussterben, weil wir uns gleichzeitig auch vermehren. Jedoch ist der Tod allgegenwärtig. Ich denke, kein Mensch macht sich Gedanken über den Friedhof, wenn er nicht sehr alt ist oder unheilbar krank. Jeder Mensch lebt in den Tag hinein. Kein Mensch weiß, wann er sein Ende findet.

Je älter man wird je näher kommt man dem Zeitpunkt des Todes. Spätestens dann, wenn der Ehepartner verstorben ist und die Freunde durch Versterben immer weniger werden, wird man sich seiner Selbst bewusst. „Ja, ich werde sterben!"

Wenn ich meinen Tod begriffen habe, wird mir auch wichtig, was mit meinem Körper passiert. Ich werde Angst bekommen vor dem Verfall. Ich werde Angst bekommen bei dem Gedanken, wie die Fliegen ihre Eier auf meinem Körper legen. Wenn aus diesen Eiern sich Maden entwickeln, sich in mich hinein fressen und meine Gedärme aufblähen. Ich werde mir Gedanken machen, wie es wohl riecht. Mein verfaultes Fleisch. Und dann, wenn der Verwesung die Austrocknung folgt und zum Schluss nur noch mein Skelett übrig bleibt. Das ist unser aller Zukunft. Der Tod und das Vergehen unseres Körpers.

Ganz am Ende wird es nicht mehr wichtig sein, was wir hatten, sondern nur noch wer wir waren. Alles, was wir hatten wird verschenkt, verkauft oder weggeschmissen. Nur das, was wir gesagt und gemacht haben, wird unseren Ruf weiter tragen.

Ich frage mich heute, da ich nicht weiß, wann ich sterbe. „War ich wertvoll für die Menschen. Konnte ich einen Menschen mit meinen Worten positiv beeinflussen und habe ich Menschen durch meine Taten geholfen und ihnen beigestanden?"

Der Friedhof wird nie wichtig sein für mich. Der Friedhof wird nur eine Lagerstätte sein für meinen toten Körper und ein Ort, um meiner zu gedenken.

(Jemand hat mir mal erzählt, dass es die Huren dort treiben. Auf dem Friedhof)

Stimmt das?

Wenn mir egal ist, ob ich ein Handy habe

Also das letzte Mal, als mir egal war, dass ich keine Handy habe, war, als es noch keine Handys gab. Ich habe mit dem Handy angefangen, als das Handy noch mit Tasten bedient wurde. Heute habe ich ein Android Handy, auf dem ich E-Mails lese und schreibe, auf dem ich Nachrichten aus der Welt erhalte über Facebook und mit dem ich über whatsapp kommuniziere. Gerade whtasapp ist für mich wichtig. Ich spiele auf dem Handy wordguru oder subway surfers. Ich lade mir auf mein Handy Musik und benutze das Handy als walkman. Mich kann man überall erreichen, wenn ich es will. Ich habe so an die 35 Telefonnummern in meinem Handy gespeichert. Die einzige Nummer, die ich wirklich auswendig kann, ist meine Telefonnummer von zu Hause. Jeder in der Familie hat ein Handy. Wenn ich mal weg sein sollte, kann man mich mit dem Handy sogar orten.

Das ist krass.

Ohne Handy geht nichts mehr. Das Handy, der kleine Freund, der MiniPC, auf dem ich PDF lese und weiter schicke. Jedes Handy verfügt über ein Navi. Selbst mit einem Handy kann ich mich nicht mehr verfahren.

Gibt es eigentlich noch Leute, denen es egal ist,
ein Handy zu haben?

Handys sind für jeden da. Selbst Omas haben ein
Handy.

Dazu müsste man aber erst mal ermitteln, wann
eine Frau zur Oma wird.

Also..., als Oma gilt man, wenn man Enkelkinder
hat. Nur Enkelkinder, hat man nicht immer erst
ab 80 Jahren oder älter, sondern man kann
Enkelkinder auch ab 55 Jahren haben. Oder so.
Ich denke, eine Oma ist man, wenn man gebückt
läuft, sehr dünn ist und altmodische Röcke trägt
und eine Wolljacke an hat. Eine richtige Oma hat
für mich sehr weiße Haare und eine Dauerwelle.
Für solche Omas wird ein Handy egal sein.

Ich bin ja nun noch nicht so alt. Aber meine
Tochter hat mich mal gefragt, ob ich noch die
Zeit kenne, in der ein Teil des Telefons an der
Wand war und der der andere in der Hand. So
schlimm ist es nun auch nicht wieder mit mir.
Allerdings ist meine Tochter auch in einem
Alter, in dem sie Bud Spencer nicht mehr kennt.
Und Bud Spencer nicht zu kennen, das geht
garnicht. Bud Spencer ist Kult.

Das erste Handy hatte meine Tochter mit 10
Jahren. Mittlerweile ist sie 16 Jahre alt und hat
schon ihr viertes Handy. Die Jugend von heute!!
In meinem Alter haben wir uns draußen

verabredet zum Spielen. Heute macht man die Verabredungen über whatsapp oder den messenger. Die Zeit geht weiter. Früher klingelte auch das Telefon. Bei uns ist es immer ruhig.

Es gibt für Senioren Handys mit extra großen Tasten. Die Handys sehen merkwürdig aus. Ob das Senioren wirklich haben wollen? Ich habe da so meine Zweifel.

Wenn Fremdwörter egal sind

Fremdwörter sind nicht egal. Fremdwörter sind Fachwörter. Der Mensch benutzt ein Wort, dass nicht jedem einfach zugänglich ist.
Warum macht der Mensch das?
Wäre es nicht viel einfacher, Bildung so zu verpacken, dass Bildung für jeden verständlich ist? Wenn man auf eine Milchpackung schreibt „lactosefrei", warum kann man nicht darauf schreiben „milchzuckerfrei". Wieso macht sich, die Industrie mit dem Wort so wichtig?
Wenn man Glucose schreiben kann, warum ist man nicht auch in der Lage Traubenzucker zu schreiben?
Milch, die mit Traubenzucker gesüßt ist, ist viel süßer als Milch, die natürlich gesüßt ist, mit Milchzucker.
Wer will sich da hervor tun und was soll das Ganze?

Es gibt Menschen, die benutzen Fremdwörter so, als ob es nichts wäre. Diese Menschen kennen das Wort Fremdwort nicht aber eine Menge anderer Wörter. Ich hab mal ein Buch in die Hand bekommen, da war das nur so. Als ich mir die Fremdwörter rausschrieb, in der Absicht den Autor darauf aufmerksam zu machen, was ich alles nicht verstanden hatte, musste ich nach Seite 10 bereits aufgeben (kapitulieren). Es war zu viel. Ich bin nicht faul, aber es ging einfach nicht. Die Fremdwörter gingen einher mit leichten Texten, die der Auto einfach so aus dem Kopf aufgeschrieben hatte. Der Text war nicht besonders tiefgründig, jedoch sehr abstrakt und unzugänglich. Es war in dem Maß geschrieben, dass nur der, der den Autor kennt, etwas damit anfangen kann.

Dieser Text war sehr persönlich. Er ging teilweise über das Persönliche hinaus und beschrieb etwas, was nur die etwas angeht, die auch daran beteiligt sind. Es ging um ihn. Nichts desto trotz vergaß er die Fremdwörter nicht. Ein sehr leicht geschriebener Text, dem man gut folgen kann. Es war nicht anstrengend zu lesen, aber im Gesamtbild unbrauchbar.

Ich hätte mir gewünscht und ich wünsche mir es immer noch, dass der Autor des Buches, was ich beschrieb, alles noch mal schreibt.

Selbst wenn es ihm leicht fällt, so kann ich nicht alles verstehen. Und selbst wen er, der Autor, kein Problem damit hat, alles zu erzählen, so wünsche ich mir von dem Autor das nächste Mal ein Geheimnis, das ich erahnen kann. Ich möchte fühlen, was er fühlt und ich möchte wissen, was er weiß, ohne dass er mir, dem Leser, alles präsentiert. Ich möchte Fantasie lesen und ich möchte Poesie.

Wenn man verstanden hat, was ich meine, dann braucht man kein Fremdwort mehr. Fremdwörter sind dann egal. Ich weiß, der Leser versteht mich. Der Leser versteht, was es bedeutet zu sagen, ich liebe Dich, ohne dass ich die Worte zu benutze. Der Leser wird verstehen, was ich fühle, wenn ich die Person, die ich liebe, berühre, ohne dass ich sage, was und wie ich die Person berühre. Kann man eigentlich einem Menschen Gefühle vermitteln, ohne das Wort Emotionen zu benutzen?
Kann ich dem Leser deutlich machen, wie ich einem Menschen sehr nahe bin und mit ihm innige Zärtlichkeiten austausche, ohne das Wort Sex dabei zu benutzen?
Bin ich in der Lage, Menschen zu verstehen zu geben, dass ich gerade mit meinem Partner sehr intim bin und ihn leidenschaftlich erregt Liebe, ohne das Wort Geschlechtsverkehr zu benutzen?
Bin ich in der Lage, den gemeinsamen Höhepunkt nicht als Orgasmus zu bezeichnen, sondern als die Krönung einer vollkommenen sexuellen Begegnung?

Fremdwörter sind fremd und unpersönlich.
Fremdwörter machen leichte Sachen schwer und
Fremdwörter haben die Eigenschaft der
Abstraktion. Als Abstraktion bezeichnet man
eine Trennung zwischen Konzept und
Umsetzung.

Wenn mir egal ist, welchen Job ich mache

So wirklich egal ist es nicht, was ich arbeite. Ich kann noch nicht mal alles arbeiten und nehmen wird mich auch nicht jeder für alles. Viele Menschen denken, sie hätten es nicht nötig, die oder die Arbeit zu machen. Die Arbeit macht kein Spaß, wird nicht gut genug bezahlt, man macht sich schmutzig oder man denkt, man ist zu qualifiziert dafür.

Genau diese Gründe können dafür stehen, dass die Menschen lange garnichts machen. Die Menschen faulenzen und sitzen zu Hause rum. Die Menschen gucken Fernsehen und regen sich über die Welt auf. Es wird sich aufgeregt, dass andere Leute arbeiten und sie nicht. Die Menschen bekommen Minderwertigkeitskomplexe, fangen an Drogen zu nehmen und trinken Alkohol. Jeder Mensch macht das, was ihm Spaß macht und wo er denkt, seine Fähigkeiten zu finden.

Und der, der arbeitet beschwert sich über die Arbeit und die nervigen Kollegen. Das Geld ist immer zu wenig und zu schnell ausgegeben. Keiner ist so richtig zufrieden.

Mein Job ist mir nicht egal, weil ich muss da jeden Tag hin. Ich mach das immer.

Ich mache immer das Gleiche und wenn ich fertig bin, fang ich wieder von Vorne an . Ich bin routiniert. Ich weiß, wann mein Chef zu Tisch geht und mit wem er seine Mittagspause verbringt. Ich kenne die Frau meines Kollegen und deren Kinder. Ich war da schon zu besuch und bei mir war meine Kollegen auch schon. Wenn ich Urlaub habe, bin ich ein bisschen weg aber kurz danach schon wieder da.
Mein Job ist mir nicht egal.
Ich weiß auch was mein Nachbar arbeitet. Meine Nachbarn sind Rentner. Ich sag denen nicht guten Tag, weil ich die bescheuert finde. Bei uns gibts noch andere Nachbarn, aber ich weiß nicht, was die arbeiten. Sicher sind nur die Rentner. Die Rente ist sicher, nur wird die Rente zu wenig sein. Sich darauf vorzubereiten, bedeutet jetzt genauso wenig lebensfähig zu sein, wie, als wenn ich direkt in Rente gehe jetzt.

Ich habe eine Ausbildung gemacht, werde aber niemals mehr in dem erlernten Job arbeite. Ich habe Kinder und auch mein Mann wäre nicht einverstanden. Ich habe immer noch ein anderes gutes Angebot offen und man erwartet mich nach dem Mutterschutz zurück, dass ich weiter mache. Ich würde mich sehr freuen, wenn es noch mal klappt.

Gibt es eigentlich Menschen, die gerne nicht arbeiten und gibt es Menschen, die ihren Job mögen? Bestimmt gibt es das. Es gab immer schon strebsamen Menschen und es gab Faulpelze. Zu jeder Zeit.

Wenn es mir nicht egal ist, arbeitslos zu sein

Es gibt viele Menschen, die sehr lange arbeitslos sind. Man sagt immer, je früher man nach einer Kündigung Bewerbungen schreibt, je schneller bekommt man einen Job.

Das stimmt nicht.

Es ist schwer Arbeit zu finden.

Man schreibt Bewerbungen und Bewerbungen und bekommt nur Absagen. Am schlimmsten finde ich, wenn man vorschreibt, wie eine Bewerbung auszusehen hat. Die Erfindung mach ich auch. Eine Marktstrategie. Jetzt gibt es Ordner und nur damit kann man sich bewerben.

Mein Mann war noch nie wirklich arbeitslos. Mein Mann hat immer gearbeitet und macht immer nur die Arbeit, die am besten bezahlt wird. Mein Mann ist auch ein großer Schwätzer. Er kann gut reden, ist ordentlich und gepflegt aber er kriegt keinen Stift in der Hand.

Immer, wenn er einen neuen Job sucht, soll ich ihm die Bewerbungen schreiben. Mir geht das so auf den Keks, dass ich nur das mache, was wirklich einfach und billig ist.

Ich schreibe ein Anschreiben mit zwei Sätzen und tacker dahinter das letzte Arbeitszeugnis und den Lebenslauf. Das Foto auf dem Lebenslauf ist digital. Der ganze Papierkram, genau drei Seiten oder vier, kommt in einen einfachen Briefumschlag, wo Porto 70 Cent kostet. Job erledigt. Und Gott sein Dank. Weil der Mann nervt mich richtig und ich habe keinen Bock darauf, mich für ihn anzustrengen.

Liegt darin das Geheimnis seines Erfolges? Ich habe immer nur 9- 10 Bewerbungen für ihn geschrieben und schon hatte er ein Vorstellungsgespräch und danach einen Job. Mein Mann ist kein Schleimer. Er stellt sich vor, fragt, was er machen muss und wie viel er für die Arbeit bezahlt bekommt und wenn ihm die Arbeit und das Gehalt zusagt, macht er den Job. Solange die Arbeit nicht eklig ist oder verwerflich oder man da raus kommt, ohne dass man stinkt, macht er den Job. Er ist aber trotzdem nie zufrieden. Es gab kaum ein Chef, der ihn nicht bei der Gehaltsauszahlung betrog oder anders ausgedrückt, falsch berechnete. Er hat Nachtschicht und bekommt Zuschlag. Die Arbeitskollegen sind sowieso alle doof. Sein Chef ist ein Jude.

Hab ich jetzt das Wort Jude geschrieben? Wer das Wort Jude gelesen hat, denkt bitte jetzt an was er will, aber nicht an das Wort Jude. Mein Mann hat auch Jude gesagt, ich hab das Wort Jude nur geschrieben. Klar soweit?

Tja... was passiert, wenn man ein Jahr arbeitslos ist? Das Brot wird sehr knapp und die Miete unbezahlbar. Man steigt automatisch sozial ab. Die Bewerbungen werden unbezahlbar oder vom Jobcenter finanziert. Wenn ich es jetzt nicht schnalle, dass diese Masche der Bewerbungsstrategie Marketing ist und jede Arbeit mein Gehalt sein könnte, werde ich depressiv und versuche mich anders zu freuen. Mir wird langweilig und ich werde hilflos, weiß mir nicht mehr zu helfen. Ich fühle mich untauglich und unbrauchbar.

Ist das wirklich so?

Gibt es sie eigentlich noch die 1 Euro- Jobs?

Ich freue mich wieder unter Leute zu kommen, merke dass ich etwas leisten kann und ich merke auch, dass das Geld, was ich für meine Arbeit bekomme, keine Wertschätzung für meine Arbeit ist, sondern eher ein Zugeständnis. Früher nannte man solche Leute Sklaven, heute nennt man so etwas Resozialisierung. Sicher?

Es gibt den Mindestlohn. Der Mindestlohn liegt seit dem 31.12.2016 bei 8,50€. Somit habe ich ein Gesetz geschaffen, um eine soziale Gerechtigkeit und ein Abfall der Wertschätzung für den Arbeitnehmer zu verhindern. Es muss mindestens 8,50€ bezahlt werden.

Seid Ihr Euch sicher und ich frage Euch

nochmal, seid Ihr Euch sicher, dass die 1 Euro-Jobs nicht asozial sind? Das Gehalt. 1 € pro Stunde!!!!

Wenn mir fernsehen egal ist

Tatsache ist, dass mir fernsehen egal sein muss.
Wir haben Fernseher und da muss man teilen.
Wenn ich für mich DVBT 2 haben möchte,
wollen das alle. Ich habe keine Lust dazu für
jeden den Finanzier zu spielen, nur um zu
verhindern, dass man auf mich neidisch ist.
Der Fernseher bleibt aus und da ich mich jetzt
ersatzbefriedigen muss, ist mein PC dran. Würde
ich nicht schreiben, würde ich mich an mir selbst
zu Grunde richten.
Aber nun denn. Was bleibt übrig?
Mein Sohn guckt Youtube. Meine Töchter
gucken Disney Channel. Mein Mann macht sich
irgendwas auf Arabisch an. Ich guck auch
Youtube und lade mir Musik runter für mein
Auto. Ich habe alle Serien vergessen und
Nachrichten krieg ich nur noch über Facebook.
Ich finde Nachrichten sehr interessant.
Manchmal bin ich geschockt, manchmal
angewidert, manchmal interessiert mich ein
Beitrag und manchmal mache ich alles einfach
nur weg. Es ist wichtig, informiert zu sein.
Aber es ist alles nur Geld. Der Fernseher und
Strom. Die GEZ. Die Sender und die
Schauspieler und die Nachrichtensprecher, die
Journalisten und die Bilder. Alles bringt Geld

und unterhält mich. Wenn ich jetzt gar keine Nachrichten mehr gucken würde, wäre die Welt kein Dorf mehr, sondern nur noch eine riesen große Kugel mit ganz vielen Menschen drauf, ob tot oder lebendig und ein Haufen von Scheißegal.

Geht das eigentlich? Kann mir die Welt egal sein?

Kann ich darauf verzichten, nicht informiert zu werden?

Es gibt Leute, die leben ohne Fernsehen.

Eine unglaubliche Situation. Ich habe sogar in meinem Auto einen Fernseher. Bis März konnte ich damit noch RTL II gucken, jetzt gehen Filme nur noch mit DVD. Ich habe auch Filme für mein Auto von Youtube runter geladen.

Nein. Fernsehen ist mir nicht egal. Ich finde nur doof, dass man dafür doppelt und dreifach bezahlen muss.

Wenn Mode egal ist

Mode!!!
Ist jetzt Mode, dass was ich anziehe oder ist
Mode, dass was andere Leute schön finden.
Meine Mode sieht so aus: Ich nehme aus dem
Schrank raus, was ich gerade finde und zieh es
an. Was mir wichtig ist, ist, dass die Klamotte
sauber ist und nicht so aufträgt.
Ich geh raus, um rauszugehen und nicht damit
mich jeder hübsch findet. Nicht das ich
merkwürde Angewohnheiten habe und einen
scheißegal Stil, aber .....?
Ich bin unkompliziert und wenn das Thema raus
heißt, dann geh ich raus. Ich brauche so ca. 15
Minuten, je nach Ausgangssituation und dann
bin ich draußen.

Mode ist sowieso immer das, was ich im Laden
kaufe kann. Also wozu Sorgen machen?
Altmodisch ist der,der lange nicht mehr shoppen
war oder eine Oma ist. Obwohl Omas auch sehr
cool sein können inzwischen. Omas haben einen
eindeutigen Kleiderstil. Omas tragen einen Rock
und dazu eine Wolljacke mit Bluse und Omas
haben diese merkwürdigen Halbschuhe an. Ich
habe gedacht, die Omas waren nur so, als ich
klein war. Aber mittlerweile bin ich über 40 und

Omas sind alle gleich irgendwie. Richtige echte Omas jedenfalls. Omas mit naturgrauen Haaren und einer Dauerwelle.
Dauerwellen sind out. Nur Omas finden Dauerwellen noch cool.

Wir sind alle sehr verwöhnt, wenn es um das Thema Mode geht. Für Klamotten kann man richtig Geld ausgeben und manche tun es auch. Von dem Kaufzwang und Schönheitskult sind nicht nur Frauen betroffen, sondern auch Männer. Es kann gut sein, dass der Markt für Mode genauso groß ist wie der von Kosmetik. Überall, wo ich hinschaue, werde ich mit Werbung angemacht und angeschickt. Man muss so oder so aussehen, sonst gehört man nicht dazu. Wozu gehört man nicht? Man gehört entweder zu denen oder zu denen. Entweder man ist langweilig und egal oder ein Trendsetter. Der eigene Geldbeutel bestimmt den Preis der Klamotte. Je mehr Geld ich habe, je mehr gebe ich für Klamotten aus. Es gibt Menschen, die machen Schulden deswegen. Die Frau will dazu gehören. Sie muss sich schminken. Die Frau will den anderen Frauen zeigen, dass sie begehrenswerter und auch stylischer ist. Die Frau provoziert mit ihrem Kleidungsstil Männer, um sie sexuelle anziehend zu finden.

Um was geht es hier wirklich?
Kleider machen Leute? Ich finde, es ist alles das
Gleiche irgendwie. Es geht um Konsum und
Verkauf und um sein oder nicht sein. Wir
Menschen sind im Unterbewusstsein nicht
Herrscher über uns, sondern werden beherrscht
von der Macht der Werbung. Uns wird ins Hirn
gebrannt, jedes Mal, wenn wir den Fernseher an
machen, so ist es richtig und anders geht`s nicht.
Kaufen sollst Du und haben musst Du.
Wir sollten alle man öfters unseren
Kleiderschrank öffnen und unsere alten Kleider,
die wir lange nicht mehr angezogen haben,
spenden. In Deutschland sieht zwar jeder
Mensch gut angezogen aus, jedoch haben viele
Menschen nur das Nötigste. Leider ist es so.

Das Schlimmste finde ich noch, dass den Frauen
vorgemacht wird, sie müssten sich ausziehen, um
jedem Menschen ihren nackten Körper zu
präsentieren. Das hat nicht mehr mit Mode zu
tun, sondern es geht darum, die Frauen als
Provokation zu benutzen. Inzwischen hat
nacktzusein die gleiche Wertschätzung wie
angezogenzusein. Jedenfalls wenn der Körper
ein bestimmtes Maß hat, genau wie die
Klamotte. Ob das nun billig war oder teuer, ist
egal. Den Verbraucher interessiert es kaum. Die

Zeitung und den Fernseher vielleicht. Aber im Fernseher läuft nicht nur sowas, nackte Frauen, sondern auch was anderes. Zeitungen kosten immer den gleichen Preis, ob nun mit nackter Frau drauf oder nicht. Aber ich rede zuviel. Fuck you!!!!

Wenn es egal ist, geliebt zu werden

Es gibt keinen Menschen, dem Liebe egal ist.
Jeder Mensch hat jemanden lieb und tauscht
Zärtlichkeiten aus. Das ist wichtig. Das ist
wichtig, um sich wohlzufühlen und
gesundzubleiben. Leider gibt es Menschen, die
sich dafür kaufen lassen. Nicht nur Frauen
machen das, sondern auch Männer. Ich muss mir
jetzt eine Geschichte ausdenken dafür, jedoch
denke ich, dass sich jemand darin wieder
erkennen wird.
Warum macht man so etwas, sich verkaufen?
Man stellt einem anderen unbekannten
Menschen seinen Körper zur Verfügung, und
lässt ihn sich sexuell befriedigen. Es geht hier
nicht nur um einen Dienst, der von Frauen zur
Verfügung gestellt wird. Das hat nichts mit Liebe
zu tun. Viele von diesen Menschen können
sowas nur aushalten, wenn sie sich unter Drogen
setzen. Was man davor für Drogen nimmt, ist
nicht wirklich wichtig. Hauptsache diese Droge
betäubt so die Sinne, dass es keine Gefühl mehr
gibt, von richtig oder falsch und sein oder nicht
sein. Alkohol kann helfen nichts zu spüren, aber
ob das reicht.
Wie widerlich muss das sein, von einem
Fremden nicht nur intim berührt zu werden? Was

für ein Ekel muss das auslösen, mit einem fremden Menschen sogar Geschlechtsverkehr zu haben? Es ist unglaublich, was Menschen alles so machen, um an Geld zu kommen. Wie weit muss man unten sein, um so etwas freiwillig zu machen? Man lässt sich bezahlen, damit jemand seinen Körper benutzt.

Auch in einer Ehe kann es passieren, dass Liebe keine Rolle mehr spielt. Der Zweck ergibt den Sinn. Man ist zusammen, weil man immer zusammen war. Man erlebt sich so, wie man sich immer erlebt. Es ist ein Ritual, verbunden mit einer Geste und einem immer gleichen Ende. Wenn Sexualität langweilig wird, dann ist die Liebe langweilig. Es ist nicht egal sich zu lieben, nur spielt es keine Rolle. Ob man so etwas gefühlskalt nennt? Den Trieb zu kontrollieren oder zu steuern, wirkt ernüchternd. Es ist kalt, einfach nur kalt. Nähe passiert jedoch trotzdem. Ein trauriges Ende, wenn man an den Anfang denkt. Am Anfang, wo noch alles neu war und es wichtiger war, sich zu erkunden und zu erleben. Die Unbeschwertheit, sich ineinander zu verhaken, nicht mehr loslassen zu wollen und es auch nicht zu können. Wenn man sich immer und immer wieder liebt und bei jedem Mal, das Feuer, das man entzündet noch größer wird. Wenn es nur eines kleinen Kontaktes bedarf, einer Geste oder eines Wortes, um erneut sich zu lieben. Eine innige Liebe, bei der es nicht darauf ankommt, was man macht, sondern was man fühlt. Die Nähe, die Wärme und Hitze, der Atem, der Geruch, die Haut, das Sichanschmiegen und zügellose endlose Begehren, das nicht aufhört. So fühlt es sich an, wenn man einen Menschen liebt und begehrt. So muss es sein und so ist es richtig.

Wenn die Liebe egal geworden ist und das Sichlieben, dann ist es keine Liebe mehr, sondern Gewohnheit. Es wird anstrengend und eher erduldet. Liebe und begehrlicher Sex gehört zusammen. Alles andere ist wertlos.

Wenn Blumen egal sind

Mir sind Blumen tatsächlich egal. Ich hasse Blumen. Ich hasse Blumen in der Wohnung. Ich hatte mal welche, aber ich muss die irgendwie überpflegt haben. Keine von den Blumen bei mir zu Hause hatte ein langes Leben. Ich hab mal einen Kaktus gehabt und ihn täglich gegossen. Oben sah der Kaktus gut aus, aber als ich ihn anhob, sah ich, dass die Wurzel abgefault war. Ich konnte die Pflanze einfach so aus dem Topf heben.

Ich finde den Palmengarten in Frankfurt interessant. Alles ist grün. Im Palmengarten gibt es eine Stinkepflanze mit einer wunderschönen riesen Blüte. Die Blüte der Pflanze stinkt nach Verwesung. Ein echter Volltreffer. Wenn ich in den Palmengaten gehe, habe ich die Möglichkeit die Atmosphäre zu wechseln. Ich komme auch in einen Bereich, in dem der Regenwald nachgeahmt wird. Alles, was da grün ist, ist eine Pflanze. Da ich keine Ahnung habe von Pflanzen und ich kein Botaniker bin, sind alle Pflanzen für mich gleich.

Ich finde es schön, wenn alles bunt ist. Aber das war`s dann auch.

Meine Oma hat mal einen Gummibaum gehabt. Nach ihrem Tod hat mein Opa den Gummibaum weiter gepflegt. Irgendwann hat mein Opa den Gummibaum entweder abgeschafft oder er ist eingegangen. Ich weiß das nicht mehr. Ich kann mich nur noch daran erinnern, das er auf einem Ständer stand, auf dem einzelne Terrassen waren mit noch andern Blumen.

Als mein Opa gestorben ist, hab ich für ihn die Inschrift auf dem Grabstein bezahlt. Meine Mutter war zu geizig dafür. Meiner Mutter war es auch egal, ob das Grab gepflegt wird. Sie hat alles gelassen, wie es ist und sich nicht gekümmert. Irgendwann bin ich zu ihr und wollte, dass das Grab eine Ganzjahresbepflanzung bekommt. Ich wollte die Friedhofsverwaltung mit einbeziehen, um meine Mutter dazuzubewegen, sich doch zu kümmern. Meine Mutter hat sich gekümmert und ist zu einem Blumenladen und hat dort Blumen ausgesucht, die man auf dem Grab meiner Großeltern hätte pflanzen können. Ich habe mich sehr gefreut. Meine Mutter hat mit den Kostenvoranschlag zu geschickt. Normalerweise kann man so etwas selber machen, die Grabbepflanzung. Es gibt Pflanzen, die braucht man nicht pflegen, sehen aber trotzdem ansehnlich aus. Meine Mutter hatte sich jedoch für das Grab Blumen ausgesucht. Ich war einverstanden und sagte, sie kann bestellen. Ich denke, sie hat mir den Kostenvoranschlag zu geschickt, damit ich die Blumen bestelle und bezahle. Ich habe mich bei der Friedhofsverwaltung beschwert. Es steht jedem frei, ob und wie das Grab gepflegt wird. Da die Friedhofsverwaltung solche Fälle kennt, von Uneinigkeit und Interessenlosigkeit, ebneten sie das Grab ein. Das Grab meines Opas und meiner Oma ist nun mit Unkraut übersät und mehr eine Wiese als ein Hingucker. Ich bin sehr traurig darüber. Leider bin ich zu weit weg, um es zu ändern oder selbst zu machen, sonst würde ich mich um das Grab kümmern.

Ich mag wirklich keine Blumen und ich will auch keine haben. Aber das, was damals auf dem Friedhof abging, war wirklich nicht schön. Wie lieblos und ehrenlos, kann ein Frau sein, sich so gegenüber ihren Eltern zu verhalten? Ich bin sprachlos und entsetzt.

Mein Opa ist 1999 gestorben. Ein Grab wird nach 25 Jahren abgebaut. Es kann sogar sein, dass die alten Knochen ausgegraben und dann irgendwie entsorgt werden. Vielleicht kommen die Knochen ins Krematorium. Das bedeutet, im Jahr 2024 wird das Grab neu vergeben und jemand anders dort verscharrt.

So ist das. Ein ganzes Leben hat man gelebt. Am Ende ist man nur noch wichtig, für den, der sich an einen erinnert. Ist der auch nicht mehr da, der sich an Dich erinnern kann, bist Du ganz weg. Wirklich wertvoll waren nur die Menschen, die für andere Menschen oder viele Menschen etwas sehr wichtiges hinterlassen haben. Schriftsteller, Erfinder, Komponisten, Politiker oder Schauspieler. Für mich wird mein Opa immer wichtig sein, weil ich ihn sehr lieb habe und sehr vermisse.

Mein Opa hat als Sargschmuck und Grabschmuck ein ganz großes Gesteck mit weißen Nelken bekommen. Das sah sehr hübsch aus. Nelken riechen auch sehr schön.

Wenn es egal ist, was ein Mann sagt

Es ist nicht egal, was ein Mann sagt und es ist auch nicht egal, was eine Frau sagt. Wichtig ist nur, ob die Meinung, die mir übermittelt wird, wichtig und nützlich ist für mich. Es kann allerdings auch sein, dass ich keine Lust habe zuzuhören und genervt bin, von was auch immer, dass ich nicht hören will. Manchmal denke ich, ich möchte keinem Mann mehr zuhören und möchte auch mit keinem Mann mehr sprechen, egal ob schriftlich oder persönlich. Am Ende ist es sowieso immer das gleiche: Egal, was man gemacht hat und egal, wie man sich für den Menschen eingesetzt hat, man wird im Stich gelassen. Die Begründung dafür ist egal. Es war nicht egal und es wird auch niemals egal sein. Jedoch weg ist weg.

Aber selbst wenn ich heute sage, ich möchte nichts mehr mit Männern zu tun haben, dann werde ich den Menschen nicht ablehnen können. Immer, wenn ich einem Mann begegne, begegne ich einem Menschen. Da es mir unmöglich ist, eine solche Begegnung auszuschließen, werde ich die Konfrontation nicht verhindern können. Es gibt Begegnungen, die sind wichtig und haben einen Eindruck hinterlassen im Leben. Diese Begegnungen erheben die Erfahrung und werden ernüchtern. Die Frage ist, ob mich diese Entscheidung nicht ungerecht werden lässt. Ist es gerechtfertigt einen Mann abzulehnen, weil er ein Mann ist? Ich weiß nicht. Ich weiß nur, dass es das letzte Mal sein wird.

Nicht jeder Mann, der einem begegnet, ist wichtig. Ich finde den Busfahrer unwichtig. Der Busfahrer fährt den Bus. Na und! Ich finde den Lehrer von meinem Sohn wichtig. Der Lehrer von meinem Sohn ist zwar ein Mann, aber es ist nicht wichtig, dass er ein Mann ist, sondern dass er Lehrer meines Sohnes. Ich werde es nicht ablehnen, mit ihm zu reden und ich werde es auch nicht ablehnen, Informationen mit ihm auszutauschen. Er ist der Lehrer meines Sohnes und er wird den Zweck so erfüllen, wie es sein Beruf ist.

Es gibt tatsächlich vier Männer in meinem Leben, die für mich sehr wichtig waren, aber denen ich nie begegnet bin. Mit zwei von diesen Männern habe ich mich am Telefon unterhalten. Eine kurze persönliche Begegnung, in der das Gespräch sehr interessant war und ansprechend. Ansonsten fanden die Gespräche nur in Form von kurzen Briefen statt oder Mitteilungen. Das wichtigste war immer der Zweck, dem dieses Gespräch diente. Immer wenn der Zweck sich verabschiedete, verabschiedete sich auch der

Mann. Ist es so? Ist das andere Geschlecht nur wichtig,wenn es etwas nützt, sich zu unterhalten? Wieso eigentlich ein Mann und nicht die Frau? Kann es sein, dass es etwas damit zu tun hat, dem anderen Geschlecht zu begegnen oder ist es möglich, auch mal ohne Neigung aufeinander zuzugehen? Bin ich mir nur sicher, die richtige Meinung zu erhalten, wenn es um die Meinung des gleichen Geschlechts geht? Sollte ich nicht lieber schauen, ob ich die Meinung des Anderen gleichauf vertreten kann und diese Meinung mich sozusagen bestätigt oder auf den richtigen Weg bringt? Kann man einen besten Freund haben als Frau? Darf man so etwas überhaupt? Ich würde es mir wünschen. Aber ich denke, die Perfektion von dem ganzen, dem besten Freund, sollte auch die größte Liebe sein. Das ist Vollkommenheit! Und damit stellt sich mir auch die Frage, ob alles richtig ist und so läuft, wie es sein sollte. Ich sollte mir nicht nur die Frage stellen, ob eine Meinung richtig und wichtig ist, sondern auch, ob die Meinung sinnvoll ist. Jeder Mensch kommt von woanders her und jeder Mensch hat andere Erfahrungen gemacht. Diese Erfahrungen prägen das Leben. Erfahrungen, die von Mensch passieren. Je älter wir werden, je weniger sind wir bereit zuzuhören. Man geht seinen Weg. Man ist geprägt und auch betrogen worden, belogen, ausgenutzt und man hat sich über einen lustig gemacht. All das ist schon passiert. Es ist nicht nur passiert, weil mir ein Mann begegnet ist. Es ist passiert von Mensch zu Mensch. Nicht jeder Mensch, der mir begegnet, ist wichtig und hat eine Relevanz, prägt sozusagen meine Zukunft. Meinungen sind Erfahrungen.

Ich stehe auf meinen Füßen. Wir Menschen
bewegen uns um die Mitte herum.
Ich denke, ich habe nur bewiesen, mit dem Text
hier, das andersrum oder neu, tatsächlich
funktioniert. Jedenfalls wenn man es wirklich
will und die Ideen, die man hat, konsequent
durchzieht. Alles hinter sich zu lassen, bedeutet
aber auch, alles, was vorher war, zu verlieren.
Oder hab ich doch nichts verloren?
Es gibt nach wie vor, ein Jetzt, ein Davor und
Danach.

Es ist kein herzliches und freundliches Guten
Tag, sondern nur ein höfliches Pflichtritual.
„Guten Tag". Was soll das sein? Ehrlich? Ich
denke, richtig gesagt, heißt es: „Hallo
Scheißegal, auch wieder unterwegs?"
Wem bin ich eigentlich wichtig und was macht
mich wertvoll?

Die Welt steht gerade Kopf und ist untauglich
und unbrauchbar. Nur wenn man sich wieder
anpasst oder seine Stellung ändert, verändert es
sich so, dass der Text wieder brauchbar ist.
Ist es im Leben auch so? Muss man sich noch
einmal um 180 Grad drehen, um sein Leben neu
zu beginnen? Ist es so einfach, wie mit diesem
Buch?
Ich hab etwas geschafft, einen Text falsch herum
in das Buch einzufügen. Der Leser kann, da er
das Buch dreht, den Text auch lesen. Geht ein
Neuanfang? Funktioniert anders und macht
anders glücklich? Oder wird dieses Glück auch
wieder langweilig?
Wir werden sehen, wo es uns hinführt, wenn wir
die Welt Kopfstehen lassen. Die Erde ist rund,
egal wo ich auf der Erde bin, ob nun oberhalb
der Erdkugel oder unterhalb der Erdkugel.

Bücher sollen in einem Menschen etwas
bewirken. Bücher sollen den Menschen
verzaubern und in eine andere Welt entführen.
Wenn ich den Abschiedsbrief eines
Selbstmörders schreibe, bin ich auch ein Autor.
Jeder Mensch, der etwas schreibt, ist ein Autor.
Sind Journalisten auch Autoren? Ja.
Ich hoffe nicht, dass der Maßstab von gut ist,
immer alles richtig machen zu müssen.
Ich weiß, ich bin zu schlecht dazu. Immer,
wenn ich einen Text gelesen habe und diesen
abgegeben habe, sind mir hinterher noch Fehler
aufgefallen, obwohl ich dachte, es wäre alles in
Ordnung.
Wir oder ich lebe in einer verkehrten Welt. Ich
weiß nicht, wo meine Reise hingeht und wo
meine Reise endet. Ich fühle mich manchmal
am Ende zu sein. Ich kann nicht schreiben, nur
lesen. Bedeutet, schlecht zu sein, sich schlecht
zu fühlen.
Wie viel Leute muss man um sich haben, um
sich zu beweisen oder beweisbar gut zu sein. Es
gibt keinen einzigen wahrhaftigen Menschen in
meinem Leben, mit dem ich über das reden
kann, was ich in mir habe. Jeder Mensch in
meinem Leben will durch mich seinen Vorteil
erleben. Es geht nicht darum, mich
auszunutzen, sondern mich zu bezwecken.
Ich möchte manchmal nur noch alleine sein. Ich
will niemanden mehr hören und sehen. Die
Menschen begegnen mir genauso schnell wie
sie verschwinden.

Wenn es egal ist, wie rum die Schrift ist

Muss eigentlich immer alles richtig sein oder
darf man auch mal mit Absicht Menschen
verwirren? Ist es erlaubt, etwas sonst
Unmögliches, einfach mal so zu machen?
Darf man jemanden einen Fehler vortäuschen,
ohne wirklich einen Fehler gemacht zu haben?
Um das Problem der falsch herum geschriebenen
Schrift zu lösen, muss man das Buch umdrehen.
Ist es erlaubt aus der Reihe zu tanzen, etwas
anders zu machen?
Ich bin mir nicht sicher, ob es richtig ist, sich
immer an Regeln zu halten.
Ich möchte irgend etwas machen. Ich will nicht
in die Schublade von richtig oder falsch gesteckt
werden. Ich will mich bewähren und andere es
aushalten lassen. Ich muss mich auch aushalten.
Jeden Tag. Jeden Tag muss ich aufstehen. Selbst
wenn ich den Tag nicht mag, muss ich ihn leben.
Jeder Tag passiert bis ich sterbe.
Jeder Leser, der jetzt das Buch aufschlägt, denkt,
die Druckerei hat Mist gebaut und etwas falsch
gedruckt. Mit Absicht. Nein. Alles ist okay. Die
Autorin macht nur einen Scherz mit Euch, um
Euch mal zu beweisen, was es bedeutet, ein
Buch interaktiv zu benutzen.
Bücher sollten nicht dazu da sein, um das Regal
zu schmücken.

Wenn mir egal ist, ob ich Spielsachen habe

Sicher, dass man immer ein Ding braucht, um was zu spielen? Ich denke nicht.

Immer, wenn ich irgend etwas in die Hand nehme, was mich anders beschäftigt oder ablenkt, spiele ich. Weitestgehend ist das, was ich jetzt mache, auch spielen. Ich habe gerade wieder keine Lust mich von meinem Leben langweilen zu lassen und suche Zerstreuung. Wenn ich schon nicht aus der Bude kann oder nie alleine aus der Bude kann, dann will ich zumindesten die Gedanken in meinem Kopf loswerden.

Ob das nun jemand braucht oder freiwillig aushält, ist mir egal.

Was man auch immer macht, um dem Alltag zu entfliehen. Der eine hat das Hobby, der andere das. Ich finde es lustig oder spannend mich mir mir selbst zu beschäftigen.

Wenn man nicht reden kann, muss man seinen Gedanken anders Luft machen.

Ab wann ist ein Spiel eigentlich kein Spiel mehr? Ich denke, spätestens dann, wenn sich zwei kloppen, ist das Spiel vorbei und aus Spaß wird ernst. Oder das Spiel ist dann vorbei, wenn es um das Vermögen geht. Manche Leute spielen Karten und finden es lustig, ihr Geld oder Auto als Einsatz zu geben. Das ist nicht nur spannend, sondern auch ruinös. Muss das sein?

Spielen bedeutet lernen und auszuprobieren. Ich kann versuchen mich hinfallen zulassen. Ich kann versuchen, freihändig Fahrrad zufahren. Immer, wenn ich mich ablenke und dem Alltag entfliehe, spiele ich. Das bedeutet, wenn ich spiele, geht mir der Ernst ab.

Ob das nun stimmt, was ich hier behaupte, soll jeder selbst entscheiden.

Tatsache ist, dass, wie auch immer, wenn ich mich stark konzentriere habe, mich ablenken muss. Sonst bin ich gestresst und nicht mehr zu ertragen. Es ist wichtig, die Seele baumeln zu lassen.

Was ich dazu auch immer benutze, ist egal. Jedenfalls solange ich nicht mich oder andere damit gefährde.

Mir fällt zum Thema Spielen gerade eine furchtbare Geschichte ein. Eine junge Frau dachte, sie möchte gerne ausprobieren, wie es ist von einem Turm zu springen, der hundert Meter hoch ist. Das Mädchen sollte mit einem Bungeeseil gesichert werden, um den Sprung abzufedern.

Der Veranstalter wollte das Mädchen mit den Worten „No Jump!" aufhalten. Die Frau verstand gut Englisch und dachte der Veranstalter sagte „Now Jump!". Ein fataler Fehler durch ein falsches Kommando. Das Mädchen verstand „Spring jetzt" und nicht „Nicht springen". Das Mädchen kam ums Leben, da sie ungesichert in die Tiefe sprang.
Dieser Sport oder der Nervenkitzel als Spiel endete tödlich.
Nicht immer braucht man Spielsachen, um sich zu beschäftigen. Es geht nicht darum, etwas bestimmten zuhaben, sondern sich abzulenken. Obwohl es natürlich Gegenstände gibt, die gerne gekauft werden und gemeinsam gespielt. Das wohl beliebteste Brettspiel ist Mensch ärger ich nicht.

Wenn mir egal ist, ob mein Nachbar noch lebt

Also, bei mir ist es tatsächlich so. Die nahesten Nachbarn, die direkt neben mir wohnen, beinahe Tür an die Tür, diese Nachbarn hasse ich. Ich hasse meine Nachbarn nicht weil sie meine Nachbarn sind, sondern weil meine Nachbarn kaputt sind im Kopf.

Wenn ich jetzt sagen würde, die Nachbarn sind bescheuert, weil sie aus einem bestimmten Land kommen, dann verärgere ich vielleicht coole Leute. Deswegen verrate ich jetzt nicht aus welchem Land die kommen.

Die Frau ist eine alte Hexe, die schneller mit dem Fahrrad unterwegs ist als zu Fuß. Wenn ich die Hexe nicht sehen kann, dann hör ich sie. Nicht nur ihre häßliche Stimme, sondern auch die Lautstärke. Immer, wenn die Frau den Mund aufmacht, kommt irgend welcher Mist raus. Ob es nun Beschuldigungen sind, Beleidigungen oder ob sie sich in Angelegenheiten einmischt, die sie nichts angeht oder ob sie schlechte Worte sagt. Es kommt nur sowas aus ihrem Mund. Ich hasse diese Frau. Der Mann von der Frau ist auch nicht ganz dicht. Der Mann ist alt, sehr dünn und kann nicht mehr atmen. Dieser hässliche elendige Opa rennt immer mit einem Wagen herum, den er hinter sich herzieht, um eine Sauerstoffflasche bei sich zu haben. Egal, wie alt und krank der ist, wenn er mal liegen bleibt, geh ich weiter. Genau wie bei der Oma, die kann auch neben mir verrecken. Ich hab noch nie so elendige Arschlöcher erlebt, wie die. Das einzige, was an der Frau wohl gut ist, dass sie eine hervorragende Hausfrau ist und auch scheint sie sehr sauber und fleißig zu sein. Aber sonst kann man sie vergessen.

Ich hatte mal eine Nachbarin, die war 96 Jahre alt. Jeden Morgen ging sie zum Briefkasten, die Post holen. Als ich sie zwei Tage nicht gesehen hatte, suchte ich mir die Nummer ihres Sohnes aus dem Telefonbuch und rief ihn an. Der Sohn machte sich zunächst keine Sorgen, kam aber trotzdem um nach dem Rechten zu sehen. Als er die Wohnungstür seiner Mutter aufmachte, fand er sie im Wohnzimmer liegend, ohnmächtig und hilflos. Seine Mutter hatte einen Herzinfarkt bekommen und konnte sich alleine nicht mehr helfen. Der Sohn rief einen Krankenwagen, woraufhin seine Mutter ins Krankenhaus kam. Der alten Frau war nicht mehr zu helfen. Sie wachte wohl noch einmal auf, verstarb aber wenige Tage später. So ist das. Wir alle werden sterben, genau wie die alte Frau. Jedoch ist es nicht egal, wie wir sterben. Noch etwas länger und die alte Frau wäre hilflos verdurstet und im Elend gestorben. Es ist auch nicht schön, wenn man hilflos ein paar Tage irgendwo liegt und sich einkotet und uruniert.

Nicht immer haben alte Leute so viel Glück wie diese Frau. Es kommt vor, dass Menschen in ihrer Wohnung sterben und lange Zeit da liegen, bis ihre Leiche verwest ist und sich Maden beim Nachbarn breit machen. Diese Situation ist nicht nur sehr eklig, sondern sollte uns nachdenklich darüber machen, ob es nicht doch sinnvoll ist, gegenseitig auf uns aufzupassen und uns zu unterstützen. Man sollte einen Kontakt pflegen zu einem alten Menschen. Vielleicht ist es möglich zu helfen, wenn es ums Putzen geht oder man kann auch einkaufen fahren für den alten Menschen. Man sollte nicht immer aneinander vorbeilaufen, ohne ein Wort zusagen oder nur zu grüßen. Man kann auch mal ernsthaft fragen, ob derjenige etwas braucht oder ob es Probleme gibt.

Ich bin jetzt diejenige, die von Maden spricht, die von einer Wohnung über oder unter mir kommen. Ich sehe nur die Maden und nehme eventuelle einen widerlichen Verwesungsgeruch war. Aber was ist denn mit den Leuten, die die Leiche aus der Wohnung entfernen müssen?

Der Mensch ist vielleicht im Bett gestorben und liegt unter einer Decke. Wenn ich mir jetzt vorstelle, der Körper des Toten ist bereits schwarz und der Schädel ist skellettiert und die Hände. Wie sieht es denn erst aus, wenn ich die Decke hoch hebe? Kann man denn überhaupt eine verweste Leiche anheben? Wie auch immer, ich mir das Szenario ausmale, ich finde es einfach nur eklig. Damit übergebe ich mich an dieser Stelle und hoffe, dass es weder mir noch einem anderen Menschen passiert. Ich wünsche niemandem zu sterben, ohne entdeckt zu werden. Ich wünsche niemanden, eine solche Leiche zu finden und bergen zu müssen. Und ich wünsche niemandem Maden in der Bude und Verwesungsgeruch.

Wenn mir egal ist, ob ich alles richtig mache

Es ist tatsächlich so im Augenblick, dass es mir egal ist, ob ich alles richtig mache. Ich schaff es sowieso nicht. Egal, was ich mache, es wird immer etwas fehlen oder falsch da stehen.
Entweder ich hab es nicht richtig formuliert, wusste es nicht oder die Sprache ist falsch.
Es gibt immer etwas, worüber sich die Leute aufregen können.
Muss mir das wichtig sein, was andere denken?
Kann ich mir Fehler eingestehen?
Ich bin doch nicht perfekt.
Ich meine damit, nur weil ich das Alphabet beherrsche, bin ich doch kein Sprachphänomen.
Ich bin froh, dass es die Rechtschreibprüfung gibt im Computer. Es gibt Worte, die hab ich schon tausendmal gesagt, aber noch nie geschrieben.
Ich wollte mal auf Englisch das Wort frech schreiben, hatte es aber immer nur gesagt und nie geschrieben. Ich schrieb norty anstatt naughty.
Verpeilter geht`s doch eigentlich nicht mehr.
Aber wenn man es nicht weiß!!!
Nein. Ich will nicht immer alles richtig machen müssen. Ich will auch mal vom Weg abgehen.

Alles richtig machen zu wollen, bedeutet langweilig zu sein.

Obwohl die Erfahrung mir sagt, dass alles, was falsch ist, auch nicht gut ist.

Wer das jetzt wieder erfunden hat, gehört eingesperrt.

Aber wo wir dabei sind. Was sind eigentlich Meinungen?

Ich habe mal geschrieben, Meinungen sind Erfahrungen. Meinungen können aber auch Vorstellungen sein oder Empfindungen von falsch und richtig.

Eine Meinung entsteht, wenn ich einen Standpunkt vertrete. Aber ob ich immer Recht habe?

Ich denke nicht. Ich kann mit meiner Meinung Leute beleidigen und vergraulen. Ich kann mit meiner Meinung Menschen unterstützen und vielleicht sogar beschützen.

Jedoch bin ich mir nicht sicher?

Wer bin ich, dass ich mir herausnehme, anderen Menschen ihr Leben zu beurteilen?

Vielleicht bin ich schlecht und habe keine Ahnung, wie man lebt.

Vielleicht mache ich mich schuldig.

Nein. Ich will mich nicht einmischen und ich will nicht wissen, was ein anderer macht. Ich bin immer an Menschen vorbei gelaufen. Es gab noch keinen einzigen Menschen in meinem Leben, dessen Geschichte mir so wichtig war, dass ich ihn gefragt habe oder Stellung dazu genommen habe. Ich halte mich zurück mit Ratschlägen. Vielleicht bin ich oberflächlich? Aber das hat mit Oberflächlichkeit nichts zu tun bei mir. Ich finde andere Menschen nach ihrem Leben zu fragen und mich einzumischen, unhöflich. Ich mag das nicht. Ich mag auch nicht,wenn meine Nachbarin aus dem vierten Stock mich von oben her ruft, wenn ich das Haus verlasse, um mich zu fragen, wo ich hingehe. Ich finde das unmöglich. Was geht es die ganze Nachbarschaft an, was ich vor habe? So etwas geht garnicht. Genauso ist es mit meinem Leben. Es gibt niemanden, den es interessiert, was ich denke, fühle oder mir wichtig ist. Manchmal weine ich inmitten meiner Familie. Niemand merkt das. Wenn es dann doch mal jemand sieht, rede ich nicht darüber. Es war bis jetzt immer ein geheucheltes Interesse.

Meinungen sind nicht immer nützlich und helfen weiter, wenn man ein Problem hat. Ich denke, das wichtigste im Leben ist, etwas für andere zu machen. Nicht nützlich zu sein bedeutet wertlos zu werden. Tja und selbst wenn man mal einen Ratschlag gibt und der ist schief gelaufen, dann ist man schuldig. Kein Mensch ist in der Lage

alles richtig zu machen. Haken wir es doch
einfach ab, wenn es heißt „dumm gelaufen".

Wenn mir Kaffee egal ist

Kaffee ist nur denen egal, denen er nicht schmeckt. Mir schmeckt Kaffee immer. Ich hab Kaffee in drei Versionen zu Hause oder mehr. Schauen wir mal: Ich habe eine Padmaschine, eine Tabmaschine, eine Maschine zum normalen Aufbrühen wie bei Oma damals. Ich hatte mal eine vollautomatische Maschine mit echten Kaffeebohnen, wo die Bohnen vor dem Aufbrühen frisch gemahlen werden. Irgendwie ist alles das Gleiche. Ich hab noch Cappuchinopulver, aber das benutze ich nicht. Kaffee kann ich überall kaufen und Kaffee ist auch nicht besonders teuer. Kaffee mit Zucker, Kaffee mit Milchschaum, Kaffee mit aufgeschäumter Sahne, Kaffee mit halb Mich und halb Kaffee, Espresso. Was noch? Schon gewusst? Es gibt Elefantenkaffee. Man nennt den Kaffee Black Ivory. Auf Deutsch bedeutet das Wort „schwarzes Elfenbein". Die Kaffeebohnen wachsen in Thailand und werden den Elefanten zwischen ihr Futter gemischt. Eine Tasse von diesem Kaffee kostet 35 Euro. Die Elefanten fressen die Kaffeebohnen und wenn der Dung ausgeschieden wird, ist der Kaffee wertvoll. Man kann diesen Kaffee nur im

Urlaub trinken, wenn man in einem Luxushotel der Anatara- Hotelgruppe zu Gast ist.

Der teuerste Kaffee ist der Katzenkaffee Kopi Luwak. Man kann diesen Kaffee bei Amazon kaufen. 50g kosten 22,99€. Auch hier ist es wieder der Kot, der ausgelesen werden muss, um die Bohnen zu erhalten. Ein Kilo von dem Katzenkaffee kostet 459,80€. Der Kaffee kommt aus den Philippinen und wird in den Bergen von Südmindanao geerntet.

Ich finde Kaffee gut, aber sobald man damit versucht Bildung zu produzieren, geht mir die Entspannung verloren. Das Wort Kaffee kommt aus dem Arabisches und bedeutet anregendes Getränk. Es ist ein psychotropisches Getränk und koffeinhaltig. Kaffee ist ein Heißgetränk, sagt Wikipedia. Das halte ich für ein Gerücht. Kaffee wird heiß aufgekocht und dann geht`s weiter. Schon mal was von Eiskaffee gehört? Kaffee als Kaltgetränk mit Vanilleeis und Sahnehaube. Delicious.

Ich mach mal Schluß jetzt und setz einen Punkt. Ich bilde mich gerne mit Kaffee in der Hand aber ich werde mich nicht dazu zwingen, mich zu bilden, damit ich Kaffee verstehe.

Wenn mir rauchen egal ist

Vor 17 Jahren hab ich mal geraucht. Als ich mit meiner ersten Tochter schwanger war, hörte ich auf zu rauchen. Ich wollte rauchen und mir war nach einer Zigarette, jedoch bekam ich keine Luft mehr. Der Qualm nahm mir den Atem so, dass mir schwindelig wurde. Ich hörte auf.
Nicht jede Mutter macht das. Aufhören zu rauchen. Die Mutter weiß, dass sie schwanger ist und sie weiß, dass rauchen nicht für sie gut ist und nicht für das Baby, jedoch raucht sie weiter. Eine Freundin von mir hat durch das Rauchen in der Schwangerschaft ein viel zu kleines Baby geboren. Das Baby war ein Kilo unter Normalgewicht. Ich weiß nicht, ob das Baby auch zu klein war, unter 50 cm. Ich weiß nur, das Baby wog 2500g bei der Geburt.
Die Frau rauchte während der Schwangerschaft ordentlich. Der Lebensgefährte meiner Freundin erzählte mir, als das Baby auf der Welt war, von der Raucherei seiner Freundin. Ich fragte mich, ob er es nur gesehen hatte und nicht verhindern konnte, oder ob es ihm nur wichtig war, sich im Nachhineien über die Mutter seiner Tochter lustig zu machen, damit ich ihm beistehe, sie auch unmöglich zu finden. Vielleicht hat er ihr

Zigaretten gekauft während der Schwangerschaft. Kann ja nun sein. Ich weiß es nicht.

Manchmal stell ich mir Mütter vor, die ihr Baby stillen und dabei rauchen. Die Mutter hat ihr Baby im Arm und raucht. Als sie abascht, fällt ihr heiße glühende Asche auf den Arm des Babys, so dass das Baby eine Brandwunde bekommt. Muss das sein? Oder ist das der Grund, warum Mütter lieber die Flasche geben, anstatt zu stillen?

Hauptsache ich rauche, egal wo ich bin und für wen ich gerade verantwortlich bin.

Was machen eigentlich die Leute, die Haschisch konsumieren möchten und Nichtraucher sind? Der Nichtraucher wird zum Raucher und dann ....! Wie kommt man eigentlich an so Zeug? Mir ist noch nie im Leben wirklich jemand begegnet, der Haschisch geraucht hat. Mein Mann hat mal ein Päckchen unter einer Mülltonne kleben sehen und es mit gebracht. Ich weiß aber nicht, was danach passiert ist damit. Vor langer Zeit, so ca. annodazumal, da hat mir ein Freund mal sowas angeschleppt und das in eine Zigarette gefummelt. Ich hab auch einen Zug genommen. Das einzige was passiert war, ist, dass ich nicht mehr gucken konnte. Meine Pupillen müssen

sich so geweitert haben, dass ich extrem
Lichtempfindlich wurde. Da es abends war,
machte er die Gardinen zu und das Licht
komplett weg. Ich fand nicht berauscht zu sein.
Ich weiß garnicht. Ist Haschisch irgendwie
gefährlich, dass man es verbietet? Ich finde
Haschisch dumm und egal. Wer es braucht!!! Ich
finde Haschisch wichtig für Leute, die am
Tourett- Syndrom erkrankt sind. Das Rauchen
von Haschisch verhindert die Ticks.
Aber da macht mal jeder, was er will. Ich halte
mich daraus.

Rauchen ist nicht egal. Rauchen ist, egal wie
man es dreht, gesundheitsschädlich. Es kostet
auch noch sehr viel Geld dazu. Der Grund
warum rauchen entspannt ist, dass sich die
Atemgeschwindigkeit herabsetzt. Der Körper
beruhigt sich und erholt sich etwas. Außerdem
lenkt rauchen auch ab.
Ich hol mir gleich ein Kaffee. ;-)

Wenn mir das Ende egal ist

Was für ein Ende?

Mein Ende oder das Ende eines Films oder dieses Buches?

Wenn es um mein Ende geht, dann weiß ich, dass mein Leben enden wird. Nur... ich weiß nicht, wie und wann mein Leben endet. Und da ich es nicht weiß, und ich nur weiß, dass mein Leben endet, sollte ich mir nicht über mein Ende Gedanken machen, sondern über mein Leben.

Nur wenige Menschen können sich glücklich schätzen zufrieden zu sein. Ich denke auch nicht, dass zufrieden sein der menschlichen Natur entspricht. Entweder ich brauche etwas oder ich hab zu viel.

Deswegen. Ich werde sterben. Das ist eine Tatsache, die jeden Menschen begleitet.

Kein Mensch kennt den Zeitpunkt des Todes. Und das ist ach gut so. Denn, würden wir es wissen, dann würden wir auf unseren Tod warten und uns wäre für ziemlich lange egal, ob wir vom Hochhaus springen oder ob wir lange unter Wasser bleiben.

Die Ungewissheit unseres Todeszeitpunkt, aber die Gewissheit, dass wir sterben, lässt uns vorsichtig sein und ist ein Instinkt zum

Überleben. Schon kleine Kinder wissen vom
Tod.

Das Ende eines Films. Ich guck den Film nur zu
ende, wenn er interessant ist. Außerdem ist das
Ende eines Filmes nicht wichtig, wenn man die
Story nicht kennt.

Das Ende eines Buches. Da muss ich zugeben,
auch wenn die Story interessant ist und gerade
deswegen, hab ich schon oft ans Ende geschaut.
Nur Tatsache ist, auch wenn man es nicht
aushalten kann bis durch: Das Ende versteht man
nur, wenn man die Geschichte wirklich ganz
gelesen hat.

Was hier das letzte Wort wird, weiß ich nicht. .

Wenn es jedem egal ist, dass man alles alleine macht

Keinem Menschen sollte ein anderer Mensch egal sein. Jeder Mensch braucht einen Menschen, der ihn beschützt, versorgt, umsorgt, lieb hat und hilft.

Ich bin heute hier alleine, wie ich jeden Tag alleine bin. Ich schreibe etwas und niemand liest, was ich schreibe. Es wird niemanden geben, der diesen Text hier Korrektur liest, bevor ich ihn abgebe. Ich bin für mich und für das, was ich mache, allein verantwortlich.

Nicht immer ist es wichtig, mit dem, was macht, Geld zu verdienen. Für mich ist es in erster Linie wichtig, einmal alles rauszulassen, ohne dass mich jemand unterbricht und sich mir mit schlechtem Benehmen in den Weg stellt.

Ich sitze jeden Tag in der Küche am Computer. Ich habe kein Arbeitszimmer. Wenn ich jemanden aus der Küche schmeiße, kommt sofort der nächste rein. Wenn ich sage, ich möchte nicht angesprochen werden, da ich mich konzentriere, hat niemand Einsicht und Verständnis. Es ist mehr so, dass das, was ich mache, geduldet wird.

Ich habe manchmal Angst. Ich habe Angst davor,

dass meine Familie es nicht packt. Damit meine ich, durch die fehlende Unterstützung und Einsicht zu meiner Arbeit des Schreibens, werde ich daran gehindert, mich weiter zu entwickeln. Es wird vielleicht irgendwann einen Punkt geben, an dem ich offensichtlich Unterstützung brauche und Ruhe zum Arbeiten.

Ich brauche jemand, der gut Deutsch kann, ein hohes Maß an Literaturverständnis hat und weiß, wie man sich auf dem Markt bewegen muss, um einerseits bemerkt zu werden und andererseits gut zu verkaufen. Das Thema heißt hier Marketing.

Kein Autor kann erwarten, dass, wenn er ein Buch auf den Markt bringt, er ein erfolgreicher Autor ist. Das wichtigste ist, dass der Autor hinter seinem Produkt steht. Der Autor muss daran Interesse haben, zu verkaufen und sein Produkt vorstellen. Man muss immer und immer wieder Gelegenheiten suchen, um Werbung zu machen. Alleine geht garnichts.

Genauso ist es bei mir. Bei mir ist so, dass selbst wenn ich erzähle, was ich mache, sich keiner rührt oder zu Wort meldet. Selbst eine Einsicht zur Hilfe ist nicht gegeben. Schreiben ist nicht einfach. Mit jedem Wort, das ich dazu schreibe, steigt die Zahl der Zeichen. Es kommen Abschnitte dazu und neue Kapitel. So lange bis mir nichts mehr einfällt.

Ein sehr schlauer Mensch hat mal gesagt „Als Kaufmann verbringt man die meiste Zeit mit Werbung machen. Das Zählen der verdienten Kohlen nimmt an Zeit den wenigsten Anspruch". Und damit hat dieser schlaue Mensch Recht.

Ich wünsche mir einen Menschen, der mit mir Mauern durch bricht und mir hilft Mauern zu überwinden. Ich brauche jemanden, der wirklich Lust hat.

Es ist sogar so, dass ich einen großen Zweifel daran habe, so wie es jetzt ist, ewig weiter machen zu können. Bildung ist sehr wichtig. Bei uns spielt Bildung keine Rolle. Etwas zu wissen oder zu können, bringt uns nicht vorwärts, sondern gibt Anstoß sich gegenseitig zu bekämpfen. Ich lebe sozusagen in einer Nutzgemeinschaft, in der etwas zu erreichen nie bedeutet, hinter einem Projekt zu stehen und ernsthaft daran zu arbeiten, sondern es geht darum, wie viel Geld es bringt, ohne die Arbeit zu respektieren. Das Thema heißt Stillstand. Diese Logik funktioniert, jedoch ist es nicht möglich so, sich Innovativ zu entwickeln und im Gemeinsinn sich positiv zu verändern. Alles funktioniert nur mit Geld und ist Geld.

Wir werden Geld verdienen eines Tages. Wir werden dann Geld verdienen, wenn wir verstehen, dass Unterstützung und respektvoller Umgang, egal in welcher Situation wir uns befinden, immer wichtig bleibt. Kein Mensch ist mit Wissen und Können geboren. Die wenigsten Menschen sind in Reichtum geboren. Und auch wenn man in Reichtum geboren ist, glaube ich nicht, dass Geld wirklich glücklich macht. Selbst mich, die wirklich wenig verdient und froh ist, überhaupt etwas zu verdienen, macht Geld nicht glücklich.

Glücklich würde mich jemand machen, der richtig Lust auf Schreiben hat und sich, auch wenn es mal schwierig wird und aussichtslos, nicht unterkriegen lässt.

Wenn es mir egal ist, ob ich ein Haustier habe

Hohohoh. Da hat wieder einer gelacht. Ich kenn die Lache. Ich kenne auch die Freude dazu. Die Freude geht nur am Anfang gut und sobald die Freude in Verantwortung übergeht, bleibt nicht mehr viel übrig. Außer ein Fellknäuel und ein Napf mit Futter und ein Napf mit Wasser. Hunde sind sowieso immer arm dran. Aber da hatte ich schon etwas drüber geschrieben. Ich finde Hunde sind keine Tiere, sondern Mitläufer, die entweder so oder so verarscht oder misshandelt werden. Der Hund darf dies und das, aber nie ein Tier sein.

Spätestens dann, wenn es in den Urlaub gehen soll, ist das Haustier im Weg. Wenn man ein Tier in ein Tierheim zur Pflege gibt, dann kostet das richtig Geld. Eine Ganztagesbetreuung für einen Hund kostet 25€ incl. Übernachtung. Wenn ich einen Hund mit in den Urlaub nehmen will und ihn in ein Flugzeug setze, bekomme ich zuerst eine Klassifizierung in kleiner Hund, mittelgroßer Hund und großer Hund. Danach kommt Hund in Kabine oder Hund im Frachtraum im Käfig. Die Reise kostet, ob innerhalb von Europa oder Drittländer, von 50€

bis 200€. Ich bin mir nicht sicher, ob jeder Hotelbesitzer Hunde mag. Wenn ein Hund mit ins Hotel darf, ist es auch nicht kostenlos. Hunde kosten im Hotel zwischen 5-10€. Es gab sogar schon mal einen Preis von 60€.

Ich überlasse jetzt den Hundebesitzern die Rechnung. Ich hab keinen Hund und wenn ich einen Hund haben würde, dann einen kleinen. Aber nicht wirklich.

Aber damit fängt das Leid der Hunde von neuem an. Ich denke, Hunde sind nur etwas für Rentner mit einem großen Portemoney, eigenem Haus mit viel Auslauf und Wohnwagen. Ansonsten sehe ich schwarz für Urlaub mit Hund. Apropos: der Hund auf dem Campingplatz. Es gibt Campingplätze, da darf man einen Hund mit nehmen, jedoch vornehmlich in der Nebensaison. Ich stelle mir das mit Hund und Campingplatz auch nicht einfach vor. Erstmal wegen dem Streit zwischen den Artgenossen, das Gebelle und mögliche Angriffe und dann, wegen dem Rumgekacke. Ich find das eklig. Man unterscheidet da zwischen gut erzogenem Hund. „Jedes Herrchen oder Frauchen hat einen gut erzogenen Hund". Selbstverständlich!!!

Es gibt viele Wege Hunde zu entsorgen. Das Schlimmste, was ich bis jetzt gesehen habe, ist, dass ein Hund sehr kurz an einem Zaun am Halsband festgemacht worden ist. Da der Hund müde wurde, durch seine Haltung, erhängte er sich. Kein Lebewesen kann für immer so sitzen oder stehen. Wie auch immer. Das Tier starb qualvoll. Ich hab gesehen, dass sich der Hals des Tieres sehr lang zog. Die Haut dehnte sich bereits und gab nach, so dass, wenn man den Hund nicht entfernt hätte, den Kadaver, vielleicht der Kopf hängen blieb, wo er war und der Körper abrutschte. Man hat den toten Hund vorher gefunden. Eine schlimme Situation.

Keinem Menschen sind Haustiere egal. Der, der den Hund umbrachte, war das Tier auch nicht egal, sondern im Weg und unnütz. Die Leute, die Hunde mit in den Urlaub nehmen oder in Pflege, wenn sie in den Urlaub fahren, ist der Hund auch nicht egal.
Ein trauriges Hohoho ist das. Hunde!!!!

Wenn mir Krieg egal ist

Mir ist Krieg nicht egal. Ich habe Angst. Spontan fällt mir dazu Donald Trump und der Nordkoreanische Diktator Kim Jong Un ein. Ich halte beide Männer für sehr gefährlich. Kim Jong Un mag mit Waffen spielen und experimentieren. Kim Jong Un sieht gerne zu, wenn eine Bombe hoch geht. Kim Jong Un fasziniert die Gewalt und die Kraft der Zerstörung, wenn er eine Bombe zündet. Kim Jong Un ist jemand, der die Gefahr einer Bombe kennt. Kim Jong Un forscht, um die Zerstörung einer Bombe noch gewaltiger werden zu lassen. Beide, Kim Jong Un und Donald Trump, wissen, dass sie nicht unsterblich sind. Beide Männer haben Geld und sind mächtig. Diese beiden Kontrahenten können für uns alle gefährlich werden. Donald Trump wird es sich nie gefallen lassen, sich von Kim Jong Un bedrohen zu lassen. Donald Trump wird sich nie einschüchtern lassen. Wenn irgendwer von beiden einen Fehler macht, sind wir dran. Wir werden alle sterben. Gut, dass es Nachrichten gibt, dann kann ich wenigstens noch einen Kaffee trinken, bevor die Bombe uns verheizt. Ich wurde informiert!!!

Ich bin auch mit Syrien nicht einverstanden. Ich verstehe nicht, warum ein Präsident sein eigenes Land zerstört und sein Volk tötet. Ist sich die Welt sicher, dass es in dem Bürgerkrieg wirklich nur darum geht, die Muslime auszulöschen oder zu bekämpfen? Es geht immer um den Menschen. Ich denke, wir haben es vergessen, dass wir Menschen sind. Wenn man von einem Volk spricht, dann meint man eine große Anzahl von Menschen. Wenn man von einer Herde spricht, dann meint man eine große Anzahl von Säugetieren. Sind wir Menschen Tiere? Tiere sind nicht in der Lage, Bomben zu bauen und Technik zu erfinden. Tiere leben in der Natur und mit der Natur. Kann es sein, dass Tiere am Ende überlebensfähiger sind als Menschen? Tiere leben voneinander. Es gibt Insekten, Fische, Raubtiere und Vögel. Das sind vier Arten, die so unterschiedlich sind wie Tag und Nacht. Keines dieser Lebewesen ist in der Lage sich gegenseitig auszurotten. Aber der Mensch kann sich ausrotten. Der Mensch ist in der Lage eine Bombe zu bauen, die die Erde zerstört. Wir sollten darüber nachdenken, ob wir Menschen nicht als Menschen miteinander leben wollen. Ein Leben der Völker in Gemeinsamkeit und Rücksicht und gegenseitiger Versorgung.

Aber das können wir nicht.

Es gibt Menschen, die sind besser als andere Menschen. Es gibt schönere, reichere und mächtigere Menschen. Religionen!!!

Krieg sollte niemanden egal sein. Weltfrieden gibt es nicht.

Die Welt ist klein geworden und wir sind eigentlich immer nur Zuschauer. Nachrichten sind dazu da, um uns zu informieren. Keiner von uns ist in der Lage einzugreifen oder zu verhindern. Wenn in Nordkorea eine Wasserstoffbombe gezündet wird, dann bekomme ich Bilder von einem Inferno ins Wohnzimmer. Eine riesengroße Feuersbrunst wird bis über den Himmel reichen. Kein Tag kann so hell sein, wie das Licht, das dadurch entsteht. Es ist so, als prallt die Sonne an die Erde.

Der Mensch zerstört die Menschheit und auch gleich den Planeten.

Nachwort

Als ich angefangen hatte zu schreiben, hatte ich nur die Idee von egal und schrieb und schrieb und schrieb. Ich wusste nicht, ob ich es schaffe überhaupt so viel Seiten zu schreiben, um ein Buch hinzukriegen.

Ich möchte noch etwas hinzufügen, an den Schluss setzen: Jedes Buch, das ungenutzt im Schrank steht ist Dekoration oder vorgetäuschte Bildung. Bücher sind erst gut, wenn man sie nutzt. Für mich sind Bücher nie egal gewesen. Ich habe Bücher immer respektiert. Das beste Buch ist das, was man immer und immer wieder rausholt.

Es gibt ein Buch in meinem Leben, das etwas ganz besonderes ist für mich. Dieses Buch veränderte mein Leben, gab mir Kraft und zeigte mir, dass ich doch etwas richtig mache. Ich hab noch etwas gemerkt: Mein Leben ist falsch.

Aber ob egal oder wichtig, wen interessiert es? Bücher! Lest Bücher, arbeitet mit Büchern, fangt an Bücher zu nutzen, um Eure Sprachfähigkeit zu verbessern und Euren Wortschatz zu erweitern. Lesen und schreiben sollte Eins sein. Jedes Wort, das Ihr gelesen habt, hab ich geschrieben. Ich hab mir alles nur ausgedacht, weil schreiben die einzige Möglichkeit ist für mich, zu sagen, was ich denke und was ich, wovon halte.

Vergesst niemals die Meinung eines anderen zu respektieren. Es geht dabei nicht darum, immer Recht zu haben oder darum, dass alles richtig ist, sondern es geht um Umgangsfähigkeit, Interesse und Anteilnahme. Liebe hat auch etwas damit zu tun.

Andrea Mohamed Hamroune